Vente des 13 et 14 Mai 1889

(SALLES SILVESTRE, A DEUX HEURES)

CATALOGUE

DE

BEAUX LIVRES

ANCIENS ET MODERNES

PROVENANT EN PARTIE

DE LA BIBLIOTHÈQUE DU CHATEAU DE P...

MAGNIFIQUE RELIURE DU XVIe SIÈCLE EN MOSAÏQUE
AU CHIFFRE DE THOMAS MAIOLI. — BELLES RELIURES DE LE GASCON
DU SEUIL, BOYET, PADELOUP, DEROME
BOZÉRIAN, ETC. — LIVRES AVEC ARMOIRIES. — ELZEVIERS
OUVRAGES A FIGURES DU XVIIIe SIÈCLE
RÉIMPRESSIONS D'AUTEURS ANCIENS. — AUTEURS CONTEMPORAINS
OUVRAGES DE TÖPFFER, OCTAVE UZANNE, ETC.
EXEMPLAIRES EN GRAND PAPIER, ETC.

PARIS

LABITTE, ÉM. PAUL ET Cie

LIBRAIRES DE LA BIBLIOTHÈQUE NATIONALE

4, RUE DE LILLE, 4

SUCCURSALE ET SALLES DE VENTES AUX ENCHÈRES

28, rue des Bons-Enfants (Ancienne Maison Silvestre)

1889

Paris. — Typ. G. Chamerot, 19, rue des Saints-Pères. 24308.

CATALOGUE

DE

BEAUX LIVRES

ANCIENS ET MODERNES

LA VENTE AURA LIEU

Les Lundi 13 et Mardi 14 Mai 1889

A DEUX HEURES PRÉCISES

A LA SUCCURSALE DE LA LIBRAIRIE LABITTE, ÉM. PAUL ET Cie

28, RUE DES BONS-ENFANTS (Ancienne maison Silvestre)

SALLE No 1

Par le ministère de Me MAURICE DELESTRE, Commissaire-Priseur

27, RUE DROUOT

Assisté de M. ÉMILE PAUL, libraire-expert

4, RUE DE LILLE

(Voir l'ordre des Vacations à la fin du Catalogue)

CONDITIONS DE LA VENTE

La vente se fait expressément au comptant.

Les acquéreurs paieront 5 p. 100 en sus des enchères, applicables aux frais.

Il y aura exposition chaque jour de vente, de 1 à 2 heures.

Les livres devront être collationnés dans les vingt-quatre heures de l'adjudication. Passé ce délai, ou une fois sortis de la salle de vente, ils ne seront repris pour aucune cause.

M. ÉMILE PAUL, chargé de la vente, remplira les commissions des personnes qui ne pourraient y assister.

CATALOGUE

DE

BEAUX LIVRES

ANCIENS ET MODERNES

PROVENANT EN PARTIE

DE LA BIBLIOTHÈQUE DU CHATEAU DE P...

MAGNIFIQUE RELIURE DU XVIe SIÈCLE EN MOSAÏQUE
AU CHIFFRE DE THOMAS MAIOLI. — BELLES RELIURES DE LE GASCON
DU SEUIL, BOYET, PADELOUP, DEROME
BOZÉRIAN, ETC. — LIVRES AVEC ARMOIRIES. — ELZEVIERS
OUVRAGES A FIGURES DU XVIIIe SIÈCLE
RÉIMPRESSIONS D'AUTEURS ANCIENS. — AUTEURS CONTEMPORAINS
OUVRAGES DE TÖPFER, OCTAVE UZANNE, ETC.
EXEMPLAIRES EN GRAND PAPIER, ETC.

PARIS
LABITTE, ÉM. PAUL ET Cie
LIBRAIRES DE LA BIBLIOTHÈQUE NATIONALE
4, RUE DE LILLE, 4
SUCCURSALE ET SALLES DE VENTES AUX ENCHÈRES
28, rue des Bons-Enfants (Ancienne Maison Silvestre)

1889

CATALOGUE

DE

BEAUX LIVRES

ANCIENS ET MODERNES

LIVRES ANCIENS

I. THÉOLOGIE

1. Biblia hebraïca. *S. l. n. d.* (*Parisiis, R. Stephanus*, 1544-1546), 8 vol. in-16, mar. r. dos orné, fil. tr. dor. (*Rel. anc.*)

   Jolie édition recherchée.

2. Biblia sacra vulgatæ editionis, Sixti V, Pont. M. jussu recognita et Clementis VIII auctoritate edita. *Coloniæ Agrippinæ, sumpt. Balth. ab Egmond,* 1670, 5 vol. in-24, titres gr. mar. r. dos orné, dent. tr. dor. (*Rel. anc.*)

   Jolie édition recherchée.

3. Biblia sacra vulgatæ editionis Sixti V Pont. M. jussu recognita et Clementis VIII auctoritate edita. *Coloniæ Agrippinæ, sumpt. Balthasaris ab Egmond*, 1682, petit in-8 à 2 col. titre gravé, mar. r. dos orné, large dent. tr. dor. (*Rel. anc.*)

4. Novum Testamentum (græce). *Amsterdami, apud G. Blaeu,* 1633, in-32, titre gr. mar. r. fil. à fr. doublé de mar. r. dent. tr. dor. (*Rel. anc.*)

   Exemplaire réglé.
   Hauteur : 107 mill.

5. Le Nouveau Testament de N. S. Jésus-Christ, de la traduction de Michel de Marolles, abbé de Villeloin. *Paris, Huré*, 1653, 2 tomes en 1 vol. in-12, front. gravé, mar. r. dos orné, fil. et comp. à la Du Seuil, armoiries sur les plats, tr. dor. (*Rel. anc.*)

Exemplaire réglé.

6. Le Nouveau Testament de Nostre Seigneur Jésus-Christ, traduit en françois selon l'édition vulgate, avec les différences du grec. Quatrième édition revuë et corrigée. *A Mons, chez Gaspard Migeot*, 1668. — Les Épistres de S. Paul. Les Épistres canoniques. L'Apocalypse. *A Mons, chez Gaspard Migeot*, 1667, 2 parties en 1 vol. in-12, 1 fig. hors texte, mar. r. fil. à fr. doublé de tabis bleu, dent. gardes de papier doré, tr. dor. (*Padeloup*.)

Célèbre traduction du Nouveau Testament, dite de Port-Royal, à laquelle ont contribué Ant. Le Maistre, Ant. Arnauld et L.-J. Le Maistre de Sacy.

Bel exemplaire de cette jolie édition sortie des presses de Daniel Elzevier. (Willems, *les Elzevier*, nos 1389 et 1398.)

Hauteur : 157 mill.

7. Officium beatæ Mariæ Virginis Pii V. Pont. Max. jussu editum. Nunc pluribus quam hactenus unquam figuris æneis illustratum. *Antverpiæ, ex officina Plantiniana, apud J. Moretum*, 1609, in-4, impression en rouge et noir, planches gravées par C. de Mallery, mar. citron, dos orné, large dent. en argent, doublé de satin bleu, tr. dor. (*Rel. anc.*)

Jolies figures; brillantes épreuves.

8. L'Office de la semaine sainte à l'usage de la maison du Roi. *Paris, Hérissant*, 1766, petit in-12, mar. r. dos orné, large dent. tr. dor. (*Derome*.)

9. Soliloques sur le pseaume cxviii, Beati immaculati, etc. contenant les heures canoniales (traduit du latin de J. Hamon, par l'abbé S.-J. du Cambout, de Pont-Château). *Paris, Josset*, 1685, in-12, v. f. ant. fil.

Exemplaire aux armes et au chiffre du président Charron de Ménars, provenant de la bibliothèque Renard.

10. Instructions sur le S. Sacrifice de la messe, avec les exer-

cices pour la bien entendre par M. l'abbé Clément, prédicateur du Roi. *Paris, Guérin,* 1763, in-12, mar. r. dos orné, fil. tr. dor. (*Rel. anc.*)

11. Divi Aurelii Augustini Hippon. episcopi libri XIII Confessionum ad 3 mss. exemp. emendati opera et studio R. P. H. Sommalii. *Lugduni, apud D. Elzevirium,* 1675, pet. in-12, titre gr. mar. r. dos orné, fil. doublé de tabis bleu, tr. dor. (*Rel. anc.*)

Exemplaire réglé de cette jolie édition recherchée.
Hauteur : 127 mill.

12. Les Confessions de S. Augustin, traduites en françois par M. Arnauld d'Andilly, nouvelle édition avec le latin à costé, reveu et corrigé par M. Arnaud son frère. *Paris, Le Petit,* 1676, in-8, mar. r. fil. à fr. doublé de tabis bleu, dent. tr. dor. (*Rel. anc.*)

13. Les Provinciales, ou les Lettres écrites par Louis de Montalte à un provincial de ses amis et aux RR. PP. Jésuites sur le sujet de la morale et de la politique de ces Pères. *A Cologne, chés Pierre de la Vallée,* 1657, pet. in-12, mar. olive, fil. tr. dor. (*Rel. anc.*)

Seconde édition elzevirienne sous cette date; elle est préférable à la première, le texte ayant été revu et corrigé. (Willems, *les Elzevier*, n° 1218.)
Hauteur : 129 mill.

14. Instruction pastorale de Mgr l'archevêque de Lyon (Antoine de Malvin de Montazet) sur les sources de l'incrédulité et les fondemens de la religion. *Paris et Lyon,* 1776, in-12, mar. vert, dos orné, fil. tr. dor. (*Rel. anc.*)

La reliure porte l'étiquette de *De Rome fils aîné, rue Saint-Jacques, n°* 193.

15. Sermons de S. Augustin, sur les Psaumes, traduits en français. *Paris, Le Petit,* 1683, 7 vol. in-8, mar. r. dos orné, fil. tr. dor. (*Du Seuil.*)

Superbe exemplaire aux armes du chancelier Le Tellier avec l'*ex-libris* de Turgot, évêque de Séez, collé à l'intérieur des volumes. Un nom coupé sur les titres.

16. Explication des maximes des saints sur la vie intérieure

par François de Salignac-Fénelon. *Paris, Aubouin*, 1697, in-12, mar. brun jans. dent. int. tr. dor. (*R. Petit.*)

Bel exemplaire de l'Édition originale.

17. L'Imitation de Jésus-Christ, traduction nouvelle par le sieur de Beuil, prieur de S. Val. *Paris, Desaint*, 1767, in-12, mar. r. dos orné, fil. tr. dor. (*Rel. anc.*)

18. Prières chrétiennes en forme de méditations sur tous les mystères de Notre-Seigneur. *Paris, Josse*, 1715, 2 parties en 1 vol. in-12, mar. olive, dos orné et mosaïqué, large dent. doublé de mar. r. avec dent. et armoiries différentes sur chaque doublure, tr. dor. (*Rel. anc.*)

Exemplaire aux armes de Montmorency-Luxembourg et de Harlay.

19. La Morale universelle, ou les Devoirs de l'homme fondés sur sa nature (par le baron d'Holbach). — Ethocratie, ou le Gouvernement fondé sur la morale (par le même). *Amsterdam, Rey*, 1776. — Ens. 2 ouvrages en 1 vol. in-4, mar. r. dos orné, fil. tr. dor. (*Rel. anc.*)

Bel exemplaire.

II. SCIENCES ET ARTS

20. Operum Aristotelis Stagiritæ philosophorum omnium longe principis nova editio, græce et latine. *S. l. excudebat G. Læmarius*, 1597, 2 tomes en 6 vol. in-8 à 2 col. mar. r. fil. et comp. tr. dor. (*Rel. anc.*)

21. M. T. Ciceronis de Officiis libri tres. Cato Major, vel de Senectute. Lælius, vel de Amicitia. Paradoxa stoicorum sex. Somnium Scipionis. Cum optimis ac postremis exemplaribus accurate collati. *Amstelodami, ex officina Elzeviriana*, 1677, pet. in-12, titre gr. mar. bleu, dos orné, fil. doublé de mar. citron, dent. tr. dor. (*Rel. anc.*)

Exemplaire réglé.
Très jolie reliure de Boyet, très fraiche.

22. Tusculanes de Cicéron, traduites par Messieurs Bouhier et d'Olivet, de l'Académie françoise. Troisième édition, revuë et augmentée. *Paris, Gandouin*, 1747. — Remar

ques sur Cicéron, par M. le Président Bouhier, de l'Académie françoise. *Paris, Gandouin*, 1746, 3 vol. in-12, mar. r. dos orné, fil. tr. dor. (*Rel. anc.*)

Exemplaire aux armes de Madame ADÉLAÏDE DE FRANCE, fille aînée de Louis XV, provenant de la bibliothèque d'ED. VERNON.

23. Œuvres de Sénèque le Philosophe. Traduction de Lagrange, avec des notes de critique, d'histoire et de littérature. *Tours, Letourmi, an III* (1795), 7 vol. — Essai sur la vie de Sénèque le Philosophe, sur ses écrits et sur les règnes de Claude et de Néron (par Diderot). *Tours, Letourmi, an III* (1795), 1 vol. — Ens. 8 vol. in-8, portr. mar. r. à long grain, dos orné, fil. tr. dor. (*Rel. anc.*)

Un des rares exemplaires sur GRAND PAPIER VÉLIN, de cette traduction estimée; il provient de la bibliothèque de M. DE SACY.

24. La Logique, ou l'Art de penser, contenant, outre les règles communes, plusieurs observations nouvelles, propres à former le jugement (par Antoine Arnauld et P. Nicole). Troisième édition, revuë et augmentée. *Paris, Savreux*, 1668, in-12, mar. vert, fil. tr. dor. (*Anguerrand.*)

Bel exemplaire de ce célèbre ouvrage; il provient de la bibliothèque de M. DE SACY.

25. Collection des moralistes anciens, dédiée au Roy. *Paris, Didot l'aîné et de Bure l'aîné*, 1782-1795, 17 vol. in-12, mar. citron, dent. tr. dor. (*Rel. anc.*)

Manuel d'Épictète. — Pensées morales de Plutarque, 2 vol. — Morale de Confucius. — Pensées morales de divers auteurs chinois. — Morale d'Isocrate. — Morale de Sénèque, 2 vol. — Discours de Sénèque. — Morale de Cicéron. — Caractères de Théophraste. — Sentences de Théognis. — Entretiens de Socrate, 2 vol. — Apophthegmes des philosophes grecs. — Diversités morales, par l'abbé de Brueys. — Catéchisme de la nature, par le baron d'Holbach.

Bel exemplaire.

26. Les Essais de Michel seigneur de Montaigne. Nouvelle édition exactement purgée des défauts des précédentes, selon le vray original, etc. *Bruxelles, Foppens*, 1659, 3 vol. in-12, portr. mar. r. dos orné, fil. et comp. à la Du Seuil, tr. dor. (*Rel. anc.*)

Jolie édition que l'on joint à la collection elzevirienne. (Willems, *les Elzevier*, n° 1982.)

27. De la Sagesse, trois livres par Pierre Charron. *A Leide, chez Jean Elzevier, s. d.* in-12, titre gravé, mar. r. fil. tr. dor. (*Rel. anc.*)

D'après M. Willems, cette édition sans date, la plus rare des quatre éditions données par les Elzevier, aurait été publiée en 1659.

28. De la Sagesse, trois livres par Pierre Charron... Suivant la vraye copie de Bourdeaux. *A Amsterdam, chez Louys et Daniel Elzevier,* 1662, in-12, front. gravé, mar. r. dos orné, fil. et comp. à la Du Seuil, dent. int. tr. dor. (*Allò.*)

Bel exemplaire.
Hauteur : 130 mill.

29. Maximes et réflexions morales du duc de La Rochefoucauld. *Paris, Didot l'aîné, l'an V*-1796, in-18, portr. mar. r. à long grain, dos orné, dent. tr. dor. (*Bozérian jeune.*)

Exemplaire sur PAPIER VÉLIN provenant de la bibliothèque de l'empereur NAPOLÉON.

30. Nouveau Traité de la civilité qui se pratique en France parmi les honnestes gens. *A Amsterdam, chez Jacques le Jeune,* 1671, pet. in-12, mar. r. fil. tr. dor. (*Bauzonnet.*)

Ouvrage attribué à Ant. de Courtin.
Joli petit livre sorti des presses de Daniel Elzevier, ainsi que le témoignent les caractères, la sphère et le cul-de-lampe final. (Willems, *les Elzevier,* nº 1452.)
Hauteur : 128 mill.

---

31. Recherches sur les maladies chroniques, particulièrement sur les hydropisies et sur les moyens de les guérir par M. Bacher, docteur régent de la Faculté de Paris. *Paris, Thiboust,* 1776, in-8, mar. r. dos orné, fil. tr. dor. armoiries sur les plats. (*Rel. anc.*)

32. Suite de sept eaux-fortes, par Callot, pour les *Sept Péchés capitaux.* In-4, mar. r. jans. dent. int. tr. dor. (*Capé.*)

Belles épreuves montées sur papier vélin fort in-4. La première planche est du PREMIER ÉTAT.

33. Suite de 46 figures in-8 par Moreau, Eisen, Cochin, Monnet, Cypriani, etc. pour *Roland Furieux,* d'Arioste.

Belles épreuves AVANT LA LETTRE avec un léger encadrement; à toutes marges.

34. 205 figures in-4, avec cadres, d'après Marillier, pour le *Sainte Bible.* Paris, Defer de Maisonneuve, 1789.

Épreuves AVANT LA LETTRE, à toutes marges.

35. RECUEIL DE CENT ESTAMPES représentant différentes nations du Levant tirées sur les tableaux peints d'après nature en 1707 et 1708 par les ordres de M. de Ferriol, ambassadeur du roi à la Porte, et gravées en 1712 et 1713 par les soins de M. Le Hay. *Paris*, 1714, gr. in-fol. 100 estampes en couleur et rehaussées d'or, mar. r. dos orné, riches comp. dorés, tr. dor. (*Rel. anc.*)

36. BRIEF ET SOMMAIRE RECUEIL de ce qui a esté faict et de l'ordre tenüe à la joyeuse et triumphante entrée de très-puissant... prince Charles IX... en sa bonne ville et cité de Paris... Avec le couronnement de Madame Élisabeth son épouse et l'entrée de la dicte dame en icelle ville. *A Paris, de l'imprimerie de Denis du Pré, pour Olivier Codoré*, 1572, 3 parties en 1 vol. in-4, fig. mar. r. jans. dent. int. tr. dor. (*Hardy*.)

PREMIÈRE ÉDITION de cet ouvrage recherché pour les belles figures sur bois dont il est orné.

Bel exemplaire.

37. ÉCOLE DE CAVALERIE, contenant la connaissance, l'instruction et la conservation du cheval, avec figures en taille-douce par M. de La Guérinière, écuyer du roy. *Paris, Huart et Moreau fils*, 1751, in-fol. planches gravées, v. ant. éc. fil. tr. dor.

Bel exemplaire de ce livre recherché.

III. BELLES-LETTRES

I. LINGUISTIQUE. — RHÉTORIQUE. — POÉSIE

38. Deux Dialogues du nouveau langage françois italianizé, et autrement desguisé, principalement entre les courti-

sans de ce temps : de plusieurs nouveautez qui ont accompagné ceste nouveauté de langage : de quelques courtisanismes modernes et de quelques singularitez courtisanesques (par Henri Estienne)... *S. l. n. d.* pet. in-8, mar. bleu à long grain, dos orné, comp. de fil. tr. dor. (*Bauzonnet.*)

Piquant ouvrage imprimé à Genève en 1578, et conforme à la description qu'en donne Brunet (tome II, col. 1070). Il valut à son auteur une violente réprimande du Conseil de la ville, qui y trouva quelques plaisanteries qui lui parurent fort déplacées. Estienne jugea même prudent, pour conserver sa liberté, de s'absenter pendant quelque temps de Genève.

Très bel exemplaire d'une édition fort rare et très recherchée.

39. Traduction du Traité de l'orateur de Cicéron, avec des notes, par M. l'abbé Colin. *Paris, De Bure l'aîné*, 1737, in-12, mar. r. dos orné, fil. tr. dor. (*Rel. anc.*)

Exemplaire aux armes de Madame Adélaïde de France, fille aînée de Louis XV ; il provient de la bibliothèque Yemeniz.

40. Panégyrique de Trajan, par Pline second, de la traduction de M. l'abbé Esprit. *Paris, Le Petit*, 1677, in-12, mar. r. fil. et comp. dos orné, tr. dor. (*Du Seuil.*)

---

41. Vetustissimorum authorum Georgica, Bucolica et gnomica poemata quæ supersunt (græce et latine). *S. l. n. d.* (*Crispin*, 1569), 4 parties en 1 vol. in-16, réglé, mar. r. dos orné, fil. doublé de mar. r. dent. tr. dor. (*Rel. anc.*)

42. L'Iliade d'Homère. Seconde édition revuë et corrigée (traduite par de La Valterie). *Paris, Barbin*, 1699, 2 vol. in-12, mar. La Vall. jans. dent. int. tr. dor. (*Vve Brany.*)

43. Anacreontis et Saphonis carmina (græce et latine). Notas et animadversiones addidit Tanaquillus Faber. *Salmurii, apud J. Lenerium*, 1660, in-12, mar. r. dos orné, fil. et comp. tr. dor. (*Du Seuil.*)

44. Anacreontis carmina (græce). — Les Poésies d'Anacréon traduites du grec en vers françois par F. G. (Gacon). *Paris, Grangé*, 1754. — Ens. 2 ouvrages en 1 vol. in-16, mar. r. dos orné, fil. tr. dor. (*Rel. anc.*)

Exemplaire sur grand papier.

45. Hymnes de Callimaque, nouvelle édition avec une version française et des notes (par La Porte du Theil). *Paris, Imprimerie royale*, 1775, in-8, mar. r. dos orné, fil. doublé de moire bleue, dent. int. tr. dor. (*Derome.*)

Bel exemplaire, couvert d'une jolie reliure et provenant de la bibliothèque H. DE BASSVILLE.

46. Dionysii Alexandrini de situ orbis libellus, Eustathii Thessalonicensis archiepiscopi commentariis illustratus (græce) ex Bibliotheca regia. *Lutetiæ, ex officina Rob. Stephani, regiis typiis*, 1547, in-4, mar. bleu à long grain, dos orné, large dent. tr. dor.

Belle édition, la première avec le commentaire d'Eustathe.

47. Publius Virgilius Maro. Bucolica Georgica, et Æneis. *Parisiis, Didot, an. VI*, in-12, mar. r. à long grain, dos orné, dent. doublé de moire violette, dent. tr. dor. (*Bozérian jeune.*)

Exemplaire sur PAPIER VÉLIN.

48. Quintus Horatius Flaccus. *Birminghamiæ, Baskerville*, 1762, in-12, front. fleuron, mar. r. dos orné, large dent. tr. dor. (*Rel. anc.*)

49. Quintus Horatius Flaccus (Opera). *Parisiis, F. Didot natu major, anno VIII* (1800), in-12, mar. r. à long grain, dos orné, dent. doublé de moire violette, dent. tr. dor. (*Bozérian jeune.*)

Exemplaire sur PAPIER VÉLIN.

50. Phædri Fabulæ et P. Syri Sententiæ. *Parisiis, e typographia regia*, 1729, in-24, mar. r. fil. à fr. tr. dor. (*Rel. anc.*)

51. Auli Persii Flacci Satyræ sex, cum posthumis commentariis J. Bond. *Parisiis, Seb. Cramoisy*, 1644, in-8, mar. citron, dos orné, fil. et comp. tr. dor. (*Du Seuil.*)

52. M. Annæi Lucani Pharsalia, sive de Bello civili Cæsaris et Pompeii lib. X, ex emendatione H. Grotii. *Amsterodami, G. Janssonius*, 1619, in-32 allongé, titre gr. mar. r. fil. et comp. milieux ornés et mosaïqués de mar. citron, tr. dor. (*Rel. anc.*)

Exemplaire réglé et couvert d'une jolie reliure de Le Gascon.
Hauteur : 110 mill.

53. La Pharsale de Lucain, ou les Guerres civiles de César et de Pompée, en vers françois, par M. de Brébœuf. *A Leide, chez Jean Elsevier*, 1658, pet. in-12, titre front. gr. mar. bleu à long grain, dent. et comp. dorés et à fr. tr. dor. (*Simier.*)

Bel exemplaire provenant de la bibliothèque Béhague, conforme à la description donnée par M. Willems (*les Elzevier*, n° 827). Hauteur : 128 mill.

54. Pub. Papinius Statius denuo ac serio emendatus. *Amsterdam, G. Janss. Cæsium*, 1624, in-32 allongé, titre gr. mar. r. fil. et comp. milieux ornés et mosaïqués de mar. vert, tr. dor. (*Rel. anc.*)

Exemplaire réglé, couvert d'une jolie reliure de Le Gascon. Hauteur : 109 mill.

55. Sensuit le grãt Cha‖ton en frãcois, qui parle de plusieurs belles exem‖ples moralles et fort ioyeuses, pour resiouyr les per‖sonnes. ‖ *On les vend à Paris, en la rue Neufsve nostre Dame ‖ à l'enseigne sainct Nicolas.* ‖ (A la fin :) *Cy finist ce présent li‖vre qui est intitulé le grant Cathon en françois. Nouvellement im‖primé à Paris : pour Pierre Sergent, demourant en la rue Neufve nos‖tre Dame à l'enseigne Sainct Nicolas,* ‖ *s. d.* pet. in-4, goth. de 54 ff. fig. sur bois, mar. r. dos orné, grand milieu doré, dent. int. tr. dor.

Rare édition, non citée.
Transposition de plusieurs ff. Petites piqûres de vers; quelques raccommodages.

56. Cl. Claudiani quæ exstant. Nic. Heinsius, Dan. F. recensuit ac notas addidit accedunt quædam hactenus non edita. *Lugduni Batavorum, ex officina Elzeviriana*, 1650, 2 parties en 1 vol. in-12, titre gravé, mar. vert, dos orné, fil. tr. dor. (*Rel. anc.*)

Hauteur : 127 mill.

57. Satires de Juvénal, traduites par M. Dusaulx. *Paris*, 1770, in-8, mar. r. fil. tr. dor. (*Rel. anc.*)

Première édition de cette traduction.
Exemplaire de dédicace aux armes du marquis Bertrand de Cœuvres.

58. Autores rei venaticæ antiqui, cum commentariis Jani

Vlitii; ad Christinam augustam. *Lugd. Bat. apud Elzevirios*, 1653, pet. in-12, titre gr. mar. vert, dos et plats mosaïqués de mar. r. large dent. tr. dor. (*Rel. anc.*)

Jolie et curieuse reliure du XVIIIe siècle.
Hauteur : 128 mill.

59. Poetæ latini rei venaticæ scriptores et bucolici antiqui (cum notis diversarum)... *Lugduni Batavorum, et Hagæ Comitum, apud Langerak, Gosse, Neaulme*, 1728, 2 parties en 1 vol. in-4, titre front. gravé, vign. et culs-de-lampe, mar. r. dos orné, fil. dent. int. tr. dor. (*Rel. anc.*)

Bel exemplaire sur PAPIER FIN DE HOLLANDE, de cette collection estimée; il provient de la bibliothèque de M. DE SACY.

60. Ægidii Menagii Poemata, quarta editio auctior et emendatior. *Amstelodami, ex officina Elzeviriana*, 1663, in-12, vélin blanc, dos orné, dent. doublé de tabis bleu. tr. dor. (*Bozérian.*)

Ce recueil contient, avec les poésies latines de Ménage, ses poésies grecques, françaises et italiennes; la 112e épigramme latine est en l'honneur de D. Elzevier.
Hauteur : 138 mill.

---

61. Avant-chant nuptial faict sur le mariage du roy (Charles IX) et d'Elisabet d'Austriche, par Am. Jamyn. *Paris, Gabriel Buon*, 1570, in-4 de 5 ff. cuir de Russie, dent. tr. dor.

ÉDITION ORIGINALE, rare.

62. Les Chevilles de Me Adam, menuisier de Nevers. *Paris, Toussainct Quinet*, 1644, in-4, portrait, mar. r. dos orné, fil. dent. int. tr. dor. (*Chambolle-Duru.*)

Bel exemplaire de l'ÉDITION ORIGINALE.

63. L'Eslite des bouts rimez de ce temps. Première partie contenant ceux de M. de Boisrobert, Benserade, La Calprenède, etc. *Imprimé à Paris*, 1649, in-16 de 9 et 93 pp. mar. bleu jans. dent. int. tr. dor. (*Brany.*)

64. Alaric, ou Rome vaincue, poème héroïque par M. de Scudéry. *Jouxte la copie, à Paris, chez A. Courbé*, 1655, in-12, front. portr. fig. v. f. dos orné, fil. dent. int. tr. dor. (*Petit-Simier.*)

65. Moyse sauvé, idile héroïque du sieur de Saint-Amant. *Paris, Ant. de Sommaville,* 1660, in-12, front. mar. r. fil. à fr. dent. int. tr. dor.

66. L'Ovide bouffon, ou les Métamorphoses travesties en vers burlesques (par L. Richer). *Paris, Loyson,* 1662, in-12, front. mar. bleu, fil. à fr. dent. int. tr. dor.

67. Les Avantures de Monsieur d'Assoucy. *Paris, Audinet,* 1677, 2 tomes en 1 vol. pet. in-12, portr. mar. bleu jans. dent. int. tr. dor. (*Thibaron.*)

Ouvrage curieux en vers et en prose; l'auteur raconte ses relations avec son ami Molière et avec MM. les Béjart qu'il rencontra dans le Midi.

Bel exemplaire.

68. Œuvres de Nicolas Boileau Despréaux, avec des éclaircissemens historiques donnez par lui-même. Nouvelle édition revue, corrigée et augmentée, enrichie de figures gravées par Bernard Picart, le Romain. *La Haye, Vaillant, Gosse, de Hondt,* 1722, 4 vol. in-12, front. et fig. mar. vert, dos orné, fil. dent. int. tr. dor. (*Rel. anc.*)

Jolie édition peu commune.

69. CONTES ET NOUVELLES EN VERS, par M. de La Fontaine. *Amsterdam* (*Paris*), 1762, 2 vol. in-8, portr. fig. d'Eisen, culs-de-lampe par Choffard, mar. r. dos orné, dent. de fleurs sur les plats, doublé de mar. bleu, dent. gardes en soie, tr. dor. (*Hardy.*)

Édition dite des *Fermiers généraux.*
La figure du *Cas de conscience* est découverte.

70. Stances choisies de M. Arnaud d'Andilly, sur la vie de Jésus-Christ et sur diverses véritez chrétiennes, dédiées à Leurs Altesses serenissimes Monseigneur le prince de Piémont et Monseigneur le duc d'Aouste. *S. l. imprimé pour l'usage de leurs AA. SS.* 1711, in-8, mar. br. jans. dent. int. tr. dor. (*Chambolle-Duru.*)

Édition imprimée sans doute à *Chambéry* et non destinée au commerce. Dans le haut de chaque page se trouvent au milieu d'un ornement typographique les armes de Savoie.

71. LA RELIGION, POÈME, par M. Racine (suivi de La Grâce). *Paris, Coignard et Desaint,* 1742, 2 tomes en 1 vol. in-12, portr. mar. bleu, dos orné, fil. tr. dor. (*Rel. anc.*)

72. Les Tourterelles de Zelmis, poème en trois chants, par l'auteur de Barnevelt (Dorat). *S. l. n. d.* (*Paris*, 1766), gr. in-8, fig. d'Eisen, cart. tête dor. non rog.

Exemplaire sur GRAND PAPIER DE HOLLANDE.

73. PRIMEROSE. Par (Morel) de Vindé. *Paris, Didot l'aîné,* 1797, in-18, fig. de Lefèvre, gravées par Godefroy, cart. non rog.

Exemplaire sur PAPIER VÉLIN avec les figures AVANT LA LETTRE.

74. Les Amours épiques, poème en six chants, par Parseval Grandmaison. *Paris, Didot l'aîné, an XII* (1804), in-12, mar. r. à long grain, dos orné, dent. tr. dor. (*Doll.*)

Bel exemplaire sur PAPIER VÉLIN.

---

75. La Secchia rapita, poema eroicomico di Alessandro Tassoni. *In Parigi, appresso Lorenzo Prault e Pietro Durand,* 1766, 2 vol. gr. in-8, titres gravés, front. portr. fig. vignettes et culs-de-lampe par Gravelot, Marillier, Quéverdo, etc. v. ant. éc. dos orné, fil. à fr. tr. r.

Bel exemplaire très grand de marges; *ex libris* de MORICEAU, auditeur des comptes.

76. Œuvres de Milton (en anglais). *Londres,* 1795-1796, 2 vol. in-8, titre gr. front. pap. vél. mar. citron, fil. à fr. doublé de tabis bleu, tr. dor. (*Rel. de l'époque.*)

Bel exemplaire.

2. THÉATRE. — ROMANS. — DIVERS

77. SERTORIUS, tragédie (par Corneille). *Imprimé à Rouen et se vend à Paris, chez Augustin Courbé et Guillaume de Luyne,* 1662, in-12, parchemin.

Bel exemplaire de L'ÉDITION ORIGINALE et dans sa première reliure. Hauteur : 143 mill.

78. Amours de Théagènes et Chariclée. Histoire éthiopique (traduite du grec d'Héliodore). *Londres* (*Paris*), 1743,

2 tomes en 1 vol. pet. in-8, titres rouges et noirs, front. fig. et vign. mar. r. jans. dent. int. tr. dor. (*Arnaud.*)

Traduction attribuée à l'abbé de Fontenu.

Exemplaire sur GRAND PAPIER provenant de la bibliothèque de BÉHAGUE, et contenant, outre les 10 figures indiquées par Cohen, une figure à la fin de chaque volume, portant le titre *Conclusion.*

79. LES ŒUVRES DE M. FRANÇOIS RABELAIS, docteur en médecine. Dont le contenu se voit à la page suivante. Augmentées de la vie de l'auteur et de quelques remarques sur sa vie et sur l'histoire. Avec l'explication de tous les mots difficiles. *S. l. (à la Sphère)*, 1663, 2 vol. pet. in-12, mar. r. dos orné, fil. doublé de mar. r. dent. tr. dor. (*Rel. anc.*)

PREMIÈRE ÉDITION ELZEVIRIENNE, recherchée. (Willems, *les Elzevier*, nº 1306.)

Très jolie reliure de Boyet, bien conservée. Hauteur: 128 mill.

80. ŒUVRES DE MAITRE FRANÇOIS RABELAIS, avec remarques historiques et critiques de M. Le Duchat. Nouvelle édition, ornée de figures de B. Picart, etc. *Amsterdam, Bernard*, 1741, 3 vol. in-4, front. fleurons, portraits, fig. vign. et culs-de-lampe par Picart, Folkema, Tanger, etc. mar. r. dos orné, fil. dent. int. tr. dor. (*Petit.*)

Bel exemplaire, auquel on a ajouté 71 figures in-8 de l'édition de *Bastien, an VI*, épreuves remontées avec soin.

81. Les Amours de Cléandre et Domiphile, par lesquelles se remarque la perfection de la vertu de Chasteté... le tout de l'invention d'Ollenix du Mont-Sacré, gentilhomme du Mayne (Nic. de Montreux). *Paris, Gabriel Buon*, 1598, pet. in-12, v. f. fil. tr. dor. (*Simier, R. du Roi.*)

82. Le Prince de Condé (par Edme Boursault). *A Paris, chez Jean Guignard et Théodore Girard*, 1675, pet. in-8, mar. r. dos orné, fil. dent. int. tr. dor. (*Allô.*)

ÉDITION ORIGINALE de ce roman historique, relatant les aventures de Louis Ier, prince de Condé, frère d'Antoine de Bourbon, roi de Navarre.

83. Les Mille et un quart-d'heure (*sic*), contes tartares (par T.-S. Gueulette). Nouvelle édition, ornée de figures en taille-douce. *Paris, Saugrain*, 1723, 3 vol. pet. in-8,

fig. hors texte, mar. r. dos orné et fleurdelisé, fil. tr. dor. (*Rel. anc.*)

Exemplaire aux armes d'une princesse de BOURBON-CONDÉ.

84. HISTOIRE DE MANON LESCAUT et du chevalier Des Grieux, par l'abbé Prevost. *Paris, Didot l'aîné, an V* (1797), 2 vol. in-18, fig. de Lefèvre, gravées par Coiny, cart. non rog.

Exemplaire sur PAPIER VÉLIN, avec les figures AVANT LA LETTRE.

85. IMBERT. Les Égarements de l'Amour, ou Lettres de Faneli et de Milfort. *Paris, Delalain*, 1776, 2 parties en 1 vol. in-8, 2 fig. de Moreau, demi-rel. bas.

Quelques taches.

86. JOSEPH, PAR M. BITAUBÉ. Quatrième édition. *Paris, Didot l'aîné*, 1786, in-8, portr. et fig. mar. r. dent. tr. dor. (*Rel. de l'époque.*)

Bel exemplaire sur PAPIER VÉLIN, avec les figures de Marillier AVANT LA LETTRE.

87. Galatée, roman pastoral imité de Cervantes, par M. de Florian. Édition ornée de figures en couleur d'après les dessins de M. Monsiau. *Paris, Defer de Maisonneuve*, 1793, in-4, fig. v. ant. éc. fil. tr. dor.

88. Les Liaisons dangereuses; lettres recueillies dans une société et publiées pour l'instruction de quelques autres, par C** de L** (Choderlos de Laclos). *Londres* (*Paris*), 1796, 2 vol. in-8, front. fig. par Monnet, Fragonard fils, Mlle Gérard, demi-rel. mar. r. avec coins, dos orné, fil. tr. dor.

89. LETTRES D'UNE PÉRUVIENNE, par Mme de Graffigny. *Paris, P. Didot l'aîné, an V* (1797), 2 vol. in-18, fig. de Lefèvre gravées par Coiny, cart. non rog.

Exemplaire sur PAPIER VÉLIN, avec les figures AVANT LA LETTRE.

90. LE DÉCAMERON DE JEAN BOCCACE (traduit par Ant. Le Maçon). *Londres* (*Paris*), 1757-1761, 5 vol. in-8, front. portr. fig. vign. et culs-de-lampe par Gravelot, Eisen, Cochin, v. ant. éc. dos orné, fil. tr. dor.

Bel exemplaire, très grand de marges, avec des épreuves paraphées.

91. LES PRINCIPALES AVENTURES DE L'ADMIRABLE DON QUI-

CHOTTE, représentées en figures par Coypel, Picard Le Romain et autres habiles maîtres avec les explications des XXXI planches tirées de l'original espagnol de Miguel de Cervantes. *La Haie, Pierre de Hondt*, 1746, in-4, planches gr. mar. bleu, fil. dent. int. tr. dor. (*Rel. anc.*)

Bel exemplaire du PREMIER TIRAGE, avec de brillantes épreuves.

92. WERTHER, traduction de l'alemand de Gœte (*sic*), par Ch. Aubry. Nouvelle édition revue et corrigée par le traducteur, avec figures en taille-douce. *Paris, Didot jeune*, 1797, 2 tomes en 1 vol. in-12, fig. mar. r. à long grain, dos orné et mosaïqué, dent. doublé de moire verte, dent. tr. dor. (*Thouvenin.*)

Bel exemplaire sur PAPIER VÉLIN, avec les figures de Berthon gravées par Duplessis-Bertaux AVANT LA LETTRE. Jolie reliure.

---

93. Le Fort inexpugnable de l'honneur du sexe femenin (*sic*), construit par Françoys de Billon, secrétaire. *A Paris, chez Jan d'Allyer*, 1555, in-4, portr. sur le titre, fig. sur bois, vél. à recouvr.

Livre rare contenant des détails intéressants sur les dames françaises du XVIe siècle. Le chapitre de la beauté est extrêmement curieux.

Cachet au verso du titre.

94. JOANNIS STOBEI SENTENTIÆ ex thesauris Græcorum delectæ... (gr. et lat.). *Tiguri excudebat Christoph. Froschoverus*, 1543, in-fol. ais de bois recouverts de mar. vert, dos orné, comp. et médaillons sur les plats de mar. noir, rouge et brun, fers azurés, tr. dor. (*Rel. anc.*)

Superbe reliure au chiffre de THOMAS MAIOLI. Le dos et les plats sont ornés de beaux compartiments en mosaïque et d'une riche et élégante dorure.

Cette reliure n'a subi aucune restauration.

95. ADAGIORUM D. ERASMI Roterodami epitome. *Amstelodami, apud L. Elzevirium*, 1650, in-12, mar. citron, dos orné, comp. en mosaïque de mar. r. et dorés, tr. dor. (*Rel. anc.*)

PREMIÈRE ÉDITION ELZEVIRIENNE de l'abrégé des Adages d'Erasme, fort bien imprimée.

Très jolie reliure à mosaïque du milieu du XVIIIe siècle que l'on peut attribuer à Padeloup.

Hauteur : 130 mill.

96. Polydori Vergilii Urbinatis de Inventoribus rerum libri VIII et de prodigiis libri III cum indicibus locupletissimis. *Amstelodami, apud L. Elzevirium,* 1671. 2 parties en 1 vol. pet. in-12, front. mar. vert, dos et plats mosaïqués de mar. r. dent. tr. dor. (*Rel. anc.*)

Curieuse reliure du XVIIIe siècle.
Hauteur : 126 mill.

97. Apologie pour Hérodote, ou Traité de la conformité des merveilles anciennes avec les modernes, par Henri Estienne. Nouvelle édition... augmentée de remarques par M. Le Duchat. *La Haye, Henri Scheurleer,* 1735, 2 tomes en 3 vol. in-12, front. gravés, mar. vert, fil. tr. dor. (*Derome.*)

Bonne édition préférable aux précédentes, à cause des remarques de Le Duchat.

98. Le Barbon (par Guez de Balzac). *Paris, Courbé,* 1648, in-8, front. mar. r. dos orné, fil. tr. dor. (*Rel. anc. fatiguée.*)

Les plats de la reliure portent dans les angles et au centre, le monogramme de Vignerot de Richelieu.

99. C. Plinii Cæcilii Secundi Epistolarum libri X. *Londini, M. Ritchie et Sammells,* 1790, pet. in-8, mar. r. à long grain, dos orné, fil. et comp. tr. dor. (*Rel. anglaise.*)

Exemplaire sur papier vélin de cette belle et correcte édition.

100. Lettres diverses de M. de Balzac. Dernière édition. *Paris, Claude Barbin,* 1659, 2 vol. in-12, mar. r. dos orné, fil. et comp. à la Du Seuil, tr. dor. (*Rel. anc.*)

101. Les Œuvres diverses du sieur de Balzac. Augmentées, en cette édition, de plusieurs pièces nouvelles. *A Leide, chés les Elseviers,* 1651, pet. in-12, mar. r. dos orné, fil. tr. dor. (*Derôme.*)

Première édition elzevirienne, plus complète que celle de Paris, 1644, in-4, et à laquelle on a joint le *Barbon.* (Willems, *les Elzevier,* n° 688.)
Hauteur : 132 mill.

102. Nic. Machiavelli florentini Princeps ex Sylvestri Telii Fulginatis traductione diligenter emendatus. Ad-

jecta sunt ejusdem argumenti aliorum quorundam contra Machiavellum scripta de potestate et officio Principum contra Tyrannos. Quibus Ant. Possevini judicium de N. Machiavelli et J. Bodini scriptis. *Lugduni Batavorum, ex officina Hieronymi de Vogel*, 1648, 2 parties en 1 vol. pet. in-12, front. mar. vert, dos orné, fil. tr. dor. (*Derome*.)

Jolie petite édition que l'on joint à la collection elzevirienne. (Willems, *les Elzevier*, nº 1649.)

Tache sur le titre. Raccommodage à quelques feuillets.

La reliure est très fraîche.

IV. HISTOIRE

103. Discours sur l'Histoire universelle, par M. Bossuet, depuis le commencement du monde jusqu'à l'empire de Charlemagne. *Paris, Didot l'aîné*, 1784, in-4, mar. r. dos orné, fil. dent. int. tr. dor. (*Derome*.)

Exemplaire sur grand papier vélin, provenant de la bibliothèque de M. de Sacy.

Bonne reliure, signée.

Mouillure.

104. Sulpitii Severi Opera omnia quæ extant. *Lugd. Batavorum, ex officina Elzeviriana*, 1643, pet. in-12, titre gr. mar. r. dos orné, fil. et comp. tr. dor. (*Du Seuil*.)

Hauteur : 130 mill.

105. Mœurs des chrétiens, par M. l'abbé Fleury... confesseur du Roi. *Paris, Hérissant*, 1754, in-12, mar. citron, dos orné, fil. tr. dor. (*Rel. anc*.)

Bel exemplaire aux armes de Madame Sophie de France, fille de Louis XV.

106. Les Constitutions du monastère de Port-Royal du Saint-Sacrement. *Mons, Migeot*, 1665, in-12, mar. r. dos orné à petits fers, fil. dent. int. tr. dor. (*Padeloup*.)

Le corps de ces Constitutions est de la mère Agnès Arnauld; le Règlement pour les enfants, de la mère Euphémi Pascal; l'Institution des novices, de la sœur Gertrude.

Bel exemplaire de cette jolie édition, qui peut rivaliser avec les productions des Elzevier.

107. Justini Historiarum ex Trogo Pompeio lib. XLIV cum notis Isaaci Vossii. *Lugd. Batavorum, ex officina Elzeviriana*, 1640, pet. in-12, titre gr. mar. bleu, fil. et comp. tr. dor. (*Du Seuil.*)

La plus jolie des deux éditions elzeviriennes sous cette date. (Willems, *les Elzevier*, n° 502.)
Hauteur : 121 mill.

108. Quintus Curtius Rufus de rebus gestis Alexandri Magni. *Amstelodami, apud J. Janssonium*, 1628, in-32, titre gr. mar. r. fil. et comp. dorés, milieux mosaïqués de mar. vert, tr. dor. (*Rel. anc.*)

Exemplaire réglé et couvert d'une jolie reliure de Le Gascon.
Hauteur : 109 mill.

109. L. Annæus Florus. Cl. Salmasius addidit Lucium Ampelium e cod. ms. nunquam antehac editum. *Lugd. Batav. apud Elzevirios*, 1638, pet. in-12, titre gr. mar. r. fil. tr. dor. (*Rel. anc.*)

La plus jolie des deux éditions parues sous cette date. (Willems, *les Elzevier*, n° 467.)
Hauteur : 125 mill. Petit raccommodage à un feuillet.

110. M. Velleius Paterculus cum notis Gerardi Vossii. *Lugd. Batavorum, ex officina Elzeviriana*, 1639, pet. in-12, titre front. gravé, mar. vert, dos orné, fil. dent. int. tr. dor. (*E. Niedrée.*)

Première édition elzevirienne, plus jolie et plus recherchée que celles qui l'ont suivie. (Willems, *les Elzevier*, n° 484.)
Hauteur : 126 mill.

111. Les Commentaires de César, de la traduction de N. Perrot, sieur d'Ablancourt. Édition nouvelle, reveuë et corrigée. *Amsterdam, Abraham Wolfgang*, 1678, gr. in-12, titre front. gravé, cartes et pl. mar. vert, dos orné, fil. dent. int. tr. dor. (*Hardy.*)

Bel exemplaire d'une jolie édition.

112. C. Cornelius Tacitus ex J. Lipsii accuratissima editione. *Lugduni Batavorum, ex officina Elzeviriana*, 1634, pet. in-12, titre front. gravé, mar. r. jans. dent. int. tr. dor. (*Trautz-Bauzonnet.*)

Fort belle édition très recherchée.
Hauteur : 125 mill.

113. C. Corn. Tacitus ex J. Lipsii editione, cum not. et emend. H. Grotii. *Lugduni Batavorum, ex officina Elzeviriana*, 1640, 2 vol. petit in-12, titre gr. portr. mar. r. dos orné, fil. doublé de mar. vert dent. tr. dor. (*Rel. anc.*)

Édition recherchée à cause des notes de Grotius. Raccommodages au tableau *Stemma Augustæ domus*, lequel est placé avant la page 1. Hauteur : 120 mill.

---

114. Mémoires de Jean, sire, seigneur de Jonville (*sic*), sous le règne de saint Louis, roy de France. Avec la généalogie de la Maison de Bourbon. *Paris, Mauger*, 1666, pet. in-12, mar. r. dos orné, large dent. doublée de tabis bleu, dent. tr. dor. (*Derome.*)

Bel exemplaire provenant des bibliothèques Solar et J. Renard.

115. Mémoires de messire Jean, sire de Joinville, seneschal de Champagne, témoin oculaire de la vie de saint Louis, 44ᵉ roy de France. *Paris, Osmont*, 1672, in-12, mar. r. fil. tr. dor. (*Rel. anc.*)

116. HISTOIRES DE PHILIPPE DE VALOIS et du roi Jean (par l'abbé de Choisy). *A Paris, chez Claude Barbin*, 1688, in-4, vign. mar. r. dos orné, fil. tr. dor. (*Rel. anc.*)

Bel exemplaire de l'Édition originale de cet ouvrage, portant sur les plats la croix de la Maison royale de Saint-Cyr. Il provient de la bibliothèque de lord Gosford.

117. Mémoires des divers emplois et des principales actions du maréchal Du Plessy (Praslin-Choiseul) (recueillis par le sieur de Saint-Victor). *Paris, Barbin et Ballard*, 1676, in-4, mar. r. dos orné, fil. et comp. doublé de mar. r. comp. tr. dor. (*Rel. anc.*)

118. Le Véritable Père Joseph, capucin nommé au cardinalat, contenant l'histoire anecdotique du cardinal de Richelieu (par l'abbé René Richard). *Saint-Jean de Maurienne, G. Butler*, 1750, 2 vol. in-12, mar. r. dos orné, fil. tr. dor. (*Rel. anc.*)

119. Mémoires du comte de Brienne, contenant les événements les plus remarquables du règne de Louis XIII et de celui de Louis XIV, jusqu'à la mort du cardinal Mazarin. *Amsterdam, Bernard*, 1719, 3 vol. in-8, mar. r. jans. dent. int. tr. dor. (*Thibaron-Joly*.)

ÉDITION ORIGINALE de ces mémoires intéressants.
Bel exemplaire.

120. Table du bureau de dépense bouche et escuries de Leurs A A. SS. (Mgr le Prince, Mme la Princesse et Mlle de Condé). *S. l. n. d.* in-fol. mar. r. dos orné, dent. tr. dor. (*Rel. anc.*)

MANUSCRIT daté de 1696, composé de 106 pp. et aux armes de BOURBON-CONDÉ.

121. Le Politique du temps, ou Discours nécessaire dans la conjoncture présente pour avoir une juste idée de la puissance, de l'autorité et du devoir des Princes. *S. l.* (*Paris*), 1704, in-12, mar. r. dos orné au pointillé, fil. tr. dor. (*Rel. anc.*)

Belle reliure du XVIIe siècle.

122. SACRE ET COURONNEMENT DE LOUIS XVI, Roi de France et de Navarre, enrichi d'un très grand nombre de figures en taille-douce gravées par le sieur Patas avec leurs explications. *Paris, Vente et Patas*, 1775, in-4, planches gravées, demi-rel. v. bleu, non rog. (*Simier*.)

Bel exemplaire avec les armes et le chiffre du roi LOUIS-PHILIPPE, alors duc d'Orléans, sur le dos de la reliure.

123. RECUEIL MÉMORABLE des Lettres patentes du changement de nom du chasteau et comté de Bury en Blaisois, en comté de Rostaing pour tenir lieu en France du marquisat de Rostaing qui est en Allemagne entre Bamberg et Franquefort, vérifiées en Parlement, les Chambres assemblées, en faveur de messire Charles marquis et comte de Rostaing, et enregistrées à la Chambre des comtes à Blois en 1642. *Paris, Variquet*, 1656, in-4, frontispice daté de 1642, fig. et portraits, mar. r. riches comp. à petits fers et au pointillé, tr. dor. (*Rel. anc.*)

Exemplaire aux armes de CHARLES MARQUIS DE ROSTAING, et portant sur le dos et dans la dentelle son chiffre, deux C entrelacés, surmonté d'une couronne; il a appartenu à J.-J. DEBURE L'AÎNÉ qui a consigné sur les gardes la note suivante : *J'ai ce livre à cause des portraits et de la reliure.* Ce volume a figuré à sa vente en 1854 sous le nº 1662.

Riche et belle reliure de Le Gascon, bien conservée.

---

124. Les Délices de l'Espagne et du Portugal, par Don Juan Alvarez de Colmenar. *Leide, Pierre van der Aa,* 1715, in-12, cartes, mar. r. dos fleurdelisé, fil. tr. dor. (*Rel. anc.*)

Tome I.

Exemplaire aux armes de Louis XV.

125. Les Vies des hommes illustres grecs et romains, comparées l'une avec l'autre par Plutarque de Chæronée, translatées premièrement de grec en françois par maistre Jacques Amyot lors abbé de Bellozane et depuis en ceste troisième édition reueuës et corrigées en infinis passages par le mesme translateur... *Paris, Vascosan,* 1567, 6 vol. — Les Œuvres morales et meslées de Plutarque, translatées de grec en françois, reueuës et corrigées en ceste seconde édition en plusieurs passages par le translateur (J. Amyot). *Paris, Vascosan,* 1574, 7 vol. — Ens. 13 vol. pet. in-8, mar. r. fil. et comp. tr. dor. (*Rel. anc.*)

Exemplaire réglé et bien conservé de cette belle édition. Le tome II des *Vies* contient les *Vies de Hannibal et de Scipion l'Africain traduites par Ch. de L'Écluse.*

126. Cornelius Nepos, de vita excellentium imperatorum. Ex recognitione Steph. And. Philippe. *Lutetiæ Parisiorum, sumptibus M. S. David,* 1745, in-12, front. de Cochin, vign. et culs-de-lampe par Pierre et Mathey, mar. r. dos orné, large dent. tr. dor. (*Rel. anc.*)

Bel exemplaire sur grand papier de Hollande.

127. Œuvres du Seigneur de Brantôme; nouvelle édition, considérablement augmentée, et accompagnée de remarques historiques et critiques (par Le Duchat, Lancelot et Prosp. Marchand). *A La Haye, aux dépens du Libraire,* 1740, 15 vol. pet. in-12, portr. et frontispices, mar. r. dos orné, fil. tr. dor. (*Rel. anc.*)

Bel exemplaire.

RÉIMPRESSIONS

D'AUTEURS ANCIENS

128. ALIONE d'Asti (J.-G.). Poésies françoises, composées de 1494 à 1520, publiées avec une Notice par J.-C. Brunet. *Paris*, *Silvestre*, 1836, in-8, goth. fac-similé, demi-rel. v. f. ébarbé.

Tiré à petit nombre.

129. AUCASSIN et Nicolette, chantefable du XIIe siècle traduite par A. Bida. Revision du texte original et préface par Gaston Paris. *Paris*, *Hachette*, 1878, pet. in-4, fig. br.

Jolie édition de ce curieux roman écrit en prose et en vers. Le livre est imprimé avec luxe sur GRAND PAPIER VÉLIN; chaque page est entourée d'un filet rouge, et il est orné de 1 frontispice et de 8 belles eaux-fortes de Bida, épreuves AVANT LA LETTRE sur CHINE.

130. AUGUSTIN (S.). Les Confessions. Traduction nouvelle avec introduction par Edmond Saint-Raymond. Illustrées de huit eaux-fortes composées et gravées par A. Lalauze. *Paris*, *Hurtrel*, *s. d.* in-8, fig. et vign. br. dans un cartonnage artistique.

Exemplaire sur PAPIER DE CHINE avec une double suite des figures avec et AVANT LA LETTRE.

131. AVENTURES de l'abbé de Choisy habillé en femme. *Paris*, 1870, in-12, pap. de Holl. demi-rel. chag. r. tête dor. ébarbé.

132. BALLETS ET MASCARADES de cour, de Henri III à Louis XIV (1581-1652), recueillis et publiés d'après les éditions originales par M. P. Lacroix. *Genève*, *Gay*, 1868-1870, 6 vol. in-12, en feuilles.

Un des deux exemplaires sur PEAU DE VÉLIN.

133. BEROALDE de Verville. Le Moyen de parvenir. Œuvre contenant la raison de ce qui a esté, est et sera. *Paris*, *Willem*, 1870, 2 vol. in-8, vign. demi-rel. mar. r. avec coins, fil. tête dor. non rog.

Édition imprimée pour les seuls souscripteurs.

134. BEROALDE de Verville. Le Moyen de parvenir. Œuvre contenant la raison de ce qui a été, est et sera. Nouvelle édition avec notes, etc., par un bibliophile campagnard. *Paris, Willem*, 1870-1873, 2 tomes en 1 vol. — Contes en vers imités du Moyen de parvenir. *Paris*, 1874. — Ens. 2 vol. pet. in-8, vign. mar. citron, dos orné, fil. milieux ornés et mosaïqués, tr. dor. (*Hardy*.)

Exemplaire sur papier de Chine.

135. Beverland (Adrien). Le Péché originel, traduit librement du latin par J.-F. Bernard, réimpression avec notice, par un bibliophile. *Paris et Bruxelles,* 1868, in-12, pap. de Hollande, demi-rel. mar. bleu, dos orné, tête dor. ébarbé.

Tiré à petit nombre.

136. Boileau. Œuvres poétiques. Eaux-fortes par V. Foulquier, avec des notices par M. Poujoulat. *Tours, Mame et fils*, 1870, gr. in-8, eaux-fortes, br.

Un des 20 exemplaires sur papier de Chine.

137. Bossuet. Discours sur l'histoire universelle, avec une préface par M. Poujoulat. Gravures à l'eau-forte par V. Foulquier. *Tours, Mame et fils,* 1870, gr. in-8, eaux-fortes, br.

Un des 20 exemplaires sur papier de Chine.

138. — Les Oraisons funèbres, avec des notices par M. Poujoulat. Gravures à l'eau-forte par V. Foulquier. *Tours, Mame et fils,* 1869, in-8, portrait et eaux-fortes, br.

Un des 13 exemplaires sur papier de Chine.

139. Cabinet (Le) satyrique, ou Recueil parfaict des vers piquans et gaillards de ce temps. *S. l. l'an* 1864, 2 vol. in-12, pap. vergé, front. v. marb. dos orné, fil. tr. peigne.

140. Caro (Annibal). La Chanson de la figue, ou la Figuéide de Molza commentée. Traduit en français pour la première fois, texte italien en regard. *Paris, Liseux*, 1886, in-8, cart. dos et coins de perc. verte, non rog.

141. Charles IX. Livre du roy Charles : De la chasse du

cerf, publié pour la première fois par Henri Chevreul. *Paris, Aubry*, 1859, in-8, pap. vergé, portr. mar. vert jans. dent. int. tr. dor. (*David.*)

142. Collé. Parades inédites. *Hambourg et Paris*, 1864, in-12, pap. de Holl. demi-rel. chag. r. avec coins, tête dor. ébarbé.

143. COLLECTION des romans grecs traduits en français, avec des notes, par Courier, Larcher, Amyot, etc., précédée d'un essai sur les romans grecs par Villemain. *Paris, Merlin*, 1822-1841, 13 vol. in-16, mar. bleu à long grain, dos orné à petits fers, fil. tr. dor.

Aventures d'amour, 1 vol. — Théagènes et Chariclée, 4 vol. — Daphnis et Chloé, 1 vol. — Chéréas et Callirhoé, 2 vol. — Habrocome et Anthia, 1 vol. — La Luciade, 1 vol. — Rhodante et Dosiclès, 1 vol. — Hysminé et Hysminias, 1 vol. — Drosilla et Chariclès, 1 vol.

Très bel exemplaire sur grand papier de Hollande, avec les figures en 2 états : avant la lettre et EAUX-FORTES.

144. Corneille. Œuvres avec les notes de tous les commentateurs. *Paris, Firmin Didot*, 1854-1855, 12 vol. in-8, portr. demi-rel. chag. r. tête dor. ébarbé.

De la *Collection des Classiques françois* publiés par Lefèvre.

145. Delicado (Francisco). La Lozana Andaluza, traduit pour la première fois, texte espagnol en regard, par Alcide Bonneau. *Paris, Liseux*, 1888, 2 vol. in-8, br.

Édition tirée à petit nombre.

146. Delille (J.). Œuvres. *Paris, Michaud*, 1824, 16 vol. gr. in-8, fig. cart. dos de toile, non rog.

Exemplaire sur grand papier vélin, avec les figures de Desenne, Monsiau, Girard, etc., sur chine, avant la lettre.

147. DESTOUCHES (N.). Œuvres dramatiques. Nouvelle édition précédée d'une notice sur la vie et les ouvrages de l'auteur. *Paris, Crapelet*, 1822, 6 vol. in-8, portr. demi-rel. mar. r. avec coins, tête dor. ébarbé. (*Niedrée.*)

Exemplaire sur grand papier raisin vélin avec le portrait en 2 états : avec et avant la lettre, auquel on a ajouté :

1° 10 portraits de Destouches, par Fragonard, Delvaux, etc.

2° 37 portraits divers.

3° La suite des figures de Aartman pour l'édition d'*Amsterdam*, 1755, remontées.

4° La suite des EAUX-FORTES de Fragonard fils.
5° La suite des figures de Lafitte épreuves AVANT LA LETTRE.
6° La suite des figures in-12 pour la *Bibliothèque française*, épreuves AVANT LA LETTRE.
En tout : 102 pièces.

148. DOLET (Étienne.) Le Second Enfer, suivi de sa traduction, des deux dialogues platoniciens, l'Axiochus et l'Hipparchus. Notice bibliographique par un bibliophile. — La Béatitude des chrestiens ou le fléo de la foy de Geoffroy Vallée. Avant-propos par un bibliophile. — *Paris et Bruxelles*, 1867-1868. — Ens. 2 ouvrages en 1 vol. in-12, pap. de Holl. demi-rel. chag. r. dos orné, tête dor. ébarbé.

Réimpressions tirées à petit nombre.

149. — Le Second Enfer, suivi de sa traduction des deux dialogues platoniciens. l'Axiochus et l'Hipparchus. Notice bio-bibliographique par un bibliophile. *Paris et Bruxelles*, 1868, in-12, pap. vergé demi-rel. mar. brun avec coins, tête dor. ébarbé.

Tiré à petit nombre.

150. DUCIS (J.-J.). ŒUVRES, ornées du portrait de l'auteur d'après MM. Girodet et Desenne. *Paris, Nepveu*, 1819, 3 vol. in-8, portr. et fig. mar. vert clair à long grain, dos orné, dent. tr. dor. (*Doll.*)

Exemplaire sur PAPIER VÉLIN avec les figures AVANT LA LETTRE.

151. ÉLOY D'AMERVAL. La Grande Diablerie, poème du xvᵉ siècle. *Paris, Hurtrel*, 1884, in-16, front. fig. et vign. en noir et en couleur, br. dans un cartonnage artistique.

Exemplaire sur PAPIER DU JAPON, avec un triple état du frontispice et de la suite des figures : avec et AVANT LA LETTRE, en noir et en bistre.

152. FÉNELON. Aventures de Télémaque, suivies des Aventures d'Aristonoüs. Deux notices par M. Poujoulat. Quatorze gravures à l'eau-forte par V. Foulquier. *Tours, Mame*, 1873, gr. in-8, eaux-fortes de Foulquier, br.

Exemplaire sur PAPIER DE HOLLANDE.

153. GŒTHE. FAUST. Première partie. Préface et traduction de H. Blaze de Bury. Onze eaux-fortes de Lalauze.

Paris, Quantin. 1880, in-8, pl. et vign. demi-rel. mar. r. avec coins, tête dor. non rog.

Exemplaire sur PAPIER DE CHINE, avec les eaux-fortes de Lalauze en 2 états : avec et AVANT LETTRE SUR JAPON et auquel on a ajouté : le TIRAGE A PART des vignettes sur JAPON et la suite des figures de Champollion d'après Jean-Paul Laurens, sur JAPON en 2 états : AVANT LA LETTRE, et EAUX-FORTES PURES.

154. LA FONTAINE. CONTES ET NOUVELLES en vers. *Paris*, *Barraud*, 1875, 2 vol. in-8, portr. fig. d'après Eisen, mar. vert, fil. à fr. dent. int. tr. dor. (*Smeers*.)

Réimpression de l'édition dite des *Fermiers généraux*.
Exemplaire sur PAPIER CAVALIER VERGÉ.

155. LA ROCHEFOUCAULD. Réflexions ou Sentences et maximes morales, textes de 1665 et 1678 revus par Charles Royer. *Paris*, *Lemerre*, 1870, pet. in-12, pap. de Holl. portr. br.

De la *Petite Bibliothèque littéraire*.

156. LONGUS. Les Pastorales ou Daphnis et Chloé. Traduction de Jacques Amyot, revue par P.-L. Courier. Introduction par M. Henry Houssaye. Figures de Prudhon et vignettes d'Eisen. *Paris*, *Maury*, *s. d.* in-4, fig. br.

Exemplaire sur PAPIER DE CHINE.

157. MEISSONNIER (J.-A.). Recueil des Œuvres de J.-A. Meissonnier, peintre, sculpteur, architecte et dessinateur de la chambre et cabinet du Roy... *Paris*, *Rouveyre*, *s. d.* in-4, 118 pl. demi-rel. mar. bleu avec coins, tête dor. ébarbé.

158. MIELOT (Jean). Vie de sainte Catherine d'Alexandrie, par Jean Mielot, l'un des secrétaires de Philippe le Bon, duc de Bourgogne. Texte revu et rapproché du français moderne par Marius Sepet. *Paris*, *Hurtrel*, 1881, in-4, fig. et vign. en noir et en couleur, en feuilles, dans un cartonnage artistique.

Exemplaire sur PAPIER DU JAPON.

159. MILILOT. L'Escole des filles. Réimpression complète du texte original. *Bruxelles*, *s. d.* in-12, front. pap. de Holl. demi-rel. chag. r. tête dor. ébarbé.

160. Molière. Œuvres, avec un commentaire, un discours préliminaire et une vie de Molière, par M. Auger. *Paris, Desoer*, 1819-1825, 9 vol. in-8, portr. et fig. demi-rel. chag. r. ébarbé.

Exemplaire sur grand papier vélin orné de 6 portraits divers de Molière et de la suite des dix-huit figures d'Horace Vernet avant la lettre (moins deux figures qui sont avec lettre), plus huit figures ajoutées de Desenne, Devéria et Johannot en divers états.

Le discours préliminaire et la vie de Molière sont sur papier ordinaire, et forment un dixième volume.

161. — Œuvres complètes. Nouvelle édition, revue sur les textes originaux avec un travail de critique et d'érudition par M. Louis Moland. *Paris, Garnier*, 1873-1874, 7 vol. in-8, portr. et fig. sur chine par Staal, demi-rel. mar. vert avec coins, dos orné et mosaïqué, fil. tête dor. ébarbé.

Exemplaire sur papier de Hollande.

162. — Les Œuvres, avec notes et variantes, par Alph. Pauly. *Paris, Lemerre, s. d.* 8 vol. pet. in-12, pap. de Holl. portr. br.

De la *Petite Bibliothèque littéraire.*

163. Montreuil. Poésies augmentées des pièces inédites, publiées avec préfaces et notes par Oct. Uzanne. *Paris, Librairie des Bibliophiles*, 1878, in-12, front. et portr. br.

Exemplaire avec l'envoi autographe suivant de M. Uzanne : « *A Jacques de La Resle, avec l'espérance que l'ombre de ce petit abbé musqué, plaira à sa poétique et à sa délicatesse.* Octave Uzanne. »

164. Prévost. Histoire de Manon Lescaut et du chevalier Des Grieux. *Paris, Leclère*, 1860, 2 vol. in-18, portr. et fig. demi-rel. chag. r. avec coins, dos orné, fil. tête dor. ébarbé.

Exemplaire sur grand papier de Hollande avec les charmantes figures de Lefèvre, de l'édition de Didot, 1797. Titre noir et titre noir et rouge.

165. — Histoire de Manon Lescaut et du chevalier Des Grieux, précédée d'une étude par Arsène Houssaye. Six eaux-fortes par Hédouin. *Paris, Librairie des Bibliophiles*, 1874, 2 vol. in-12, portr. et fig. cart. non rog. couvertures.

166. RACINE (J.). Œuvres. Nouvelle édition, revue et annotée par M. Paul Mesnard. *Paris*, *Hachette*, 1865-1873, 8 vol. in-8 et 2 atlas dont 1 de pl. et 1 de musique, demi-rel. mar. r. tête dor. ébarbé.

De la *Collection des grands écrivains.*

167. RÉGNIER (Mathurin). Œuvres, texte original avec notice, variantes et glossaire par E. Courbet. *Paris*, *Lemerre*, 1869, pet. in-12, pap. de Holl. portr. br.

De la *Petite Bibliothèque littéraire.* Épuisé.

168. ROLAND (Mme), sa détention à l'Abbaye et à Sainte-Pélagie, 1793, racontée par elle-même dans ses Mémoires. *Paris*, *Hurtrel*, 1886, in-16, portr. fig. et vign. à l'eau-forte, br. dans un cartonnage artistique.

Exemplaire sur PAPIER DU JAPON, avec le portrait en deux états : avec et AVANT LA LETTRE.

169. SAINT-GELAIS (Mellin de). ŒUVRES COMPLÈTES, avec un commentaire inédit de B. de La Monnoye, des remarques de MM. Emm. Philippes-Beaulieux, R. Dezeimeris, etc. Édition revue, annotée et publiée par Prosper Blanchemain. *Paris*, *Daffis*, 1873, 3 vol. in-12, mar. vert, fil. et comp. dent. int. tr. dor. dans des étuis. (*Smeers.*)

Exemplaire sur PEAU DE VELIN.

170. SAINT-SIMON (duc de). Mémoires complets et authentiques, publiés par le marquis de Saint-Simon. *Paris*, *Sautelet*, 1829-1830, 21 vol. in-8, demi-rel. cuir de R. avec coins.

Exemplaire interfolié.

171. SARASIN (François). Poésies augmentées de documents nouveaux et de pièces inédites, publiées avec notices, préface et notes, par Octave Uzanne. Portrait d'après R. Nanteuil. *Paris, Librairie des Bibliophiles*, 1877, in-8, portr. front. br.

Exemplaire avec l'envoi autographe suivant de M. Uzanne : « *A Jacques de la Resle, pour qu'il ne traite point ce Sarazin de Turc à Maure. Un poète exquis, ami Jacquet, goûtez-y par amitié pour son parrain, alcôviste.* OCTAVE UZANNE. »

172. Shakspeare. Œuvres complètes. Traduction de M. Guizot. Nouvelle édition revue, avec notices. *Paris, Didier*, 1864-1865, 8 vol. in-8, demi-rel. v. f. dos orné, tête dor. ébarbé.

173. Swift. Voyages de Gulliver (par J. Swift). *Paris* (*A. Leclère*), 1860, 2 tomes en 4 vol. in-18, fig. br.

Réimpression de l'édition de Didot (1797) tirée à petit nombre. Exemplaire sur grand papier de Hollande, avec les figures avant la lettre.

174. Traité (Le) des Trois Imposteurs, traduit pour la première fois en français, texte en regard avec notice par Philomneste Junior (G. Brunet). *Paris et Bruxelles*, 1867, in-12, pap. vergé, demi-rel. mar. r. dos orné, tête dor. ébarbé.

Tiré à petit nombre.

AUTEURS CONTEMPORAINS

175. Armengaud. Les Galeries publiques de l'Europe : Italie. *Paris, Lahure*, 1862-1866, 3 vol. in-4, titres gr. fig. cart. perc. r. fers spéciaux, tr. dor.

176. Bapst (Germain). Inventaire de Marie-Josèphe de Saxe, dauphine de France. *Paris, Lahure*, 1883, in-8, portr. br.

177. Barbey d'Aurevilly (Jules). Poésies de Jules Barbey d'Aurevilly, commentées par lui-même. *S. l.* (*Bruxelles*), 1870, in-8 de 70 pp. pap. de Holl. demi-rel. mar. r. tête dor. ébarbé.

178. Barbier. Dictionnaire des ouvrages anonymes. Troisième édition, revue et augmentée par MM. Olivier, Barbier, René et Paul Billard. *Paris, Daffis*, 1872-1879, 4 tomes en 8 vol. in-8, br.

Exemplaire sur papier de Hollande.

179. Barbier et Quérard. Les Supercheries littéraires dévoilées. Seconde édition. 3 vol. — Dictionnaire des ouvrages anonymes. Troisième édition. 4 vol. — *Paris, Daffis*, 1870-1877. — Ens. 7 tomes en 14 vol. gr. in-8, br.

180. BARTHET (Armand). Le Moineau de Lesbie, comédie en un acte. *Paris, Blosse*, 1849, in-8, mar. r. dos orné, fil. dent. int. tête dor. (*Niedrée.*)

Exemplaire offert par l'auteur à Mlle Rachel et contenant deux dédicaces autographes, l'une en vers de l'auteur, l'autre de Jules Janin à qui le livre est dédié. La reliure porte le chiffre de la célèbre tragédienne.

Sur un feuillet de garde se trouve la note suivante :

« *Volume acquis à la vente de Rachel. Il porte un double envoi d'Armand Barthet et Jules Janin à la grande comédienne.* O. U. (Octave Uzanne). »

« *A mon ami Jacques de La Resle, j'offre ce volume unique et précieux par son « triple » souvenir (plus durable que l'airain des anciens), en hommage à son désir et à sa convoitise, en témoignage de notre constante amitié.* Octave Uzanne. »

181. Batissier (L.). Histoire de l'art monumental dans l'antiquité et au moyen âge, suivie d'un traité de la peinture sur verre. Deuxième édition entièrement refondue. *Paris, Furne*, 1860, gr. in-8, fig. demi-rel. mar. r. dos orné, tête dor. ébarbé.

182. Baudelaire (Ch.). Les Épaves, avec une eau-forte, frontispice de F. Rops. *Amsterdam, à l'enseigne du Coq*, 1866, in-12, front. sur chine, demi-rel. mar. violet, tête dor. ébarbé.

Édition originale.
Exemplaire sur grand papier de Hollande.

183. Beaux-Arts (Les). L'Art moderne. Année 1877. *Paris, Librairie à estampes* (1877), in-fol. pl. demi-rel. chag. r. plats en perc.

Réunion de 73 figures diverses, épreuves d'artiste avant la lettre, sur chine volant ; quelques-unes sont tirées en bleu ou en bistre.

184. Béranger. Œuvres complètes. Nouvelle édition revue par l'auteur, contenant cinquante-trois gravures sur acier d'après Charlet, A. de Lemud, Johannot, etc. les dix chansons nouvelles et le fac-similé d'une lettre de Béranger. *Paris, Perrotin*, 1851-1857, 5 vol. in-8, et 1 album de planches, demi-rel. chag. r. tête dor. ébarbé.

185. BERGERAT (E.). Les Chefs-d'œuvre d'art à l'exposition de 1878, sous la direction de M. E. Bergerat. *Paris, Baschet,* 1878-1879, 40 livraisons in-fol. fig.

Exemplaire sur papier de Hollande.

186. Bertrand (Louis). Gaspard de la Nuit, fantaisies à la manière de Rembrandt et de Callot avec introduction par M. Ch. Asselineau. *Bruxelles et Paris,* 1868, in-12, front. sur chine, pap. de Hollande, demi-rel. mar. r. dos orné, tête dor. ébarbé.

187. Bibliographe (Le) alsacien. *Strasbourg,* 1863-1869, 4 vol. in-8, cart. non rog.

188. Blanc (Charles). Histoire des peintres de toutes les Écoles. École Vénitienne. *Paris, Renouard,* 1877. in-4, fig. demi-rel. v. f. dos orné, fil. tête dor. ébarbé.

189. Bodmer (K.). Collection de vingt eaux-fortes dessinées par K. Bodmer, publiées par l'Illustration. Gr. in-fol. demi-rel. chag. vert.

190. Borel (Petrus). Rapsodies. *Bruxelles,* 1868, in-12, front. pap. vergé, demi-rel. chag. r. tête dor. ébarbé.

191. BRUNET (J.-Ch.). Manuel du Libraire et de l'amateur de livres, cinquième édition. *Paris, Firmin Didot,* 1860-1865, 6 vol. demi-rel. mar. r. avec coins, tête dor. ébarbé. — Supplément au Manuel du libraire, par MM. Deschamps et G. Brunet. *Paris,* 1880, 2 vol. br. — Ens. 8 vol. in-8 à 2 col.

192. Burty (Ph.). F.-D. Froment-Meurice, argentier de la ville (1802-1855). *Paris, Jouaust,* 1883, in-4, pl. à l'eau-forte et en chromo, vign. br.

Exemplaire imprimé sur papier de Hollande, pour M. *J. de La Resle.*

193. Cahu (Th.). Journal d'un officier malgré lui, par Théo-Critt (Théodore Cahu). *Paris, Hurtrel,* 1887, in-16, fig. et vign. à l'eau-forte, cart. de l'éditeur, non rog.

Un des 15 exemplaires sur papier du Japon.

194. Casanova de Seingalt. Mémoires écrits par lui-même. Édition originale, la seule complète. *Bruxelles, Rozez*, 1863, 6 vol. in-12, demi-rel. chag. bleu, dos orné, tête dor. ébarbé.

195. Castle (Egerton). L'Escrime et les escrimeurs. Traduit de l'anglais par A. Fierlants. *Paris, Ollendorf*, 1888, in-4, fig. cart. perc.

196. CHANTS et chansons populaires de la France. *Paris, Delloye*, 1843, 3 vol. — Chansons populaires des provinces de France, publiées par Weckerlin. *Paris, Bourdilliat*, 1860, 1 vol. — Ens. 4 vol. in-8, front. fig. demi-rel. mar. orange avec coins, dos orné, fil. tête dor. ébarbé (*David*.)

Superbe exemplaire du premier tirage, avec témoins.

197. Charavay. Description de la Collection de lettres autographes appartenant à M. A. Bovet. *Paris*, 1885, in-4, demi-rel. chag. r.

198. CHATEAUBRIAND. Atala. René. *Paris, Le Normant*, 1805, in-12, fig. cart. non rog.

Édition originale recherchée de ces deux épisodes, réunis pour la première fois.

Exemplaire sur papier vélin avec les figures avant la lettre.

199. Chateau-Gontier et ses environs. Trente eaux-fortes par Tancrède Abraham, texte par MM. de Falloux, Arsène Houssaye, dom Piolin, etc. *Chateau-Gontier, Bezier*, 1872, in-4, fig. pap. de Holl. br.

200. Cleuziou (Henri du). De la Poterie gauloise; étude sur la collection Charvet. *Paris, Rouveyre*, 1880, gr. in-8, fig. demi-rel. mar. brun avec coins, tête dor. ébarbé, couverture. (*Pagnant*.)

201. Collection de documents rares ou inédits relatifs à l'histoire de Paris, publiée par MM. J. Bonnassies, H. Bordier, Ch. Brunet, etc. *Paris, Willem*, 1873-1881, 13 vol. pet. in-8, pap. vergé, br.

Estat des rues de Paris en 1560. — Ordonnances pour la peste en 1531. — Rues et cris de Paris au XIIIe siècle. — La Danse macabre aux SS. Innocents. — Les Auteurs dramatiques et la Comédie-

Française. — La Fleur des antiquitez de Paris. — Le Bailliage du Palais de Paris. — Les six couches de Marie de Médicis. — Le Calendrier des confréries de Paris. — Une famille de peintres parisiens aux XIVe et XVe siècles. — Incendie du Palais de Paris en 1618. — Les Ruines de Paris en 4875. — L'Hôtel de la reine Marguerite.

202. CURMER (Léon). Dresde. Paris. Rome, Florence, Montpellier. Poésies. *Paris, Aubry*, 1863, in-8, fig. cart. satin bleu, non rog. couverture.

Tiré à très petit nombre.

203. DELVAU (A.). Dictionnaire ér... moderne, par un professeur de langue verte (A. Delvau). *Neufchatel, Société des bibliophiles cosmopolites*, 1874, in-16, papier vélin, front. sur chine, demi-rel. mar. r. avec coins, dos orné, fil. tête dor. ébarbé.

204. — Le Petit Citateur. Recueil de mots et d'expressions pour servir de complément au Dictionnaire ér... du professeur de langue verte, par J. Ch.. x (Choux). *Paphos*, 1869, in-12, pap. vergé, demi-rel. chag. r. avec coins, tête dor. ébarbé.

205. DEROME (L.). Causeries d'un ami des livres. Les éditions originales des Romantiques. *Paris, Rouveyre, s. d.* 2 vol. gr. in-8, br.

Un des 30 exemplaires sur PAPIER VÉLIN.

206. — Le Luxe des livres. *Paris, Rouveyre*, 1879, in-12, br.

Exemplaire imprimé en vert sur PAPIER WHATMAN.

207. DÉROULÈDE (Paul). Le premier grenadier de France : La Tour d'Auvergne. Étude biographique. *Paris, Hurtrel*, 1886, in-16, portr. fig. et vign. en noir et en couleur, br. dans un cartonnage artistique.

Exemplaire sur PAPIER DU JAPON.

208. DIGUET (Charles). Les Jolies Femmes de Paris. Vingt eaux-fortes par Martial. Ornements par Morin. *Paris, Librairie internationale*, 1870, in-8, front. portr. demi-rel. mar. bleu avec coins, dos orné, fil. tête dor. ébarbé.

209. DIVE (P.) et DUCÉRÉ (E.). La Belle Armurière, ou Un siège de Bayonne au moyen âge. *Paris, Hurtrel*, 1886,

pet. in-8, fig. et vign. en noir et en couleurs, br. dans un cartonnage artistique.

Exemplaire sur PAPIER DE CHINE.

210. DORÉ. La Ménagerie parisienne. *Paris, s. d.* 24 pl. in-4 oblong lithographiées, montées sur onglets, demi-rel. chag. La Vall.

211. DRUJON (Fernand). Les Livres à clef. Étude de Bibliographie critique et analytique pour servir à l'histoire littéraire. *Paris, Rouveyre,* 1888, 2 vol. gr. in-8, br.

Un des 10 exemplaires sur PAPIER DE CHINE.

212. EBERS (Georges). L'Égypte. Traduction de G. Maspéro. *Paris, Didot,* 1880-1881, 2 vol. gr. in-4, fig. br.

213. FLAMENG (Léopold). Paris qui vient et Paris qui s'en va. *Paris, Cadart, s. d.* in-fol. à 2 col. pl. à l'eau-forte, demi-rel. chag. La Vall.

214. FLAUBERT (Gustave). La Tentation de saint Antoine. *Paris, Charpentier,* 1874, in-8, br.

ÉDITION ORIGINALE.

215. GAUTIER (Théophile). ÉMAUX ET CAMÉES. *Paris, Conquet,* 1887, in-18, vign. de Fraipont, br.

Exemplaire sur CHINE avec la *prime aux souscripteurs*. On y a joint un frontispice de Fraipont, DESSIN ORIGINAL à l'aquarelle.

216. GAVARD (Ch.). GALERIES HISTORIQUES DE VERSAILLES. *Paris, Gavard,* 1838, 9 tomes en 10 vol. in-fol. fig. — Histoire de France servant de texte explicatif aux tableaux des galeries de Versailles (par J. Janin). *Paris, Gavard,* 1838, 4 tomes en 2 vol. in-4. — Ens. 12 vol. demi-rel. chag. r. avec coins, fil. tête dor. ébarbé.

217. GERMAIN (Pierre). Éléments d'Orfèvrerie, divisés en deux parties de cinquante feuilles chacune. *Paris, Rouveyre, s. d.* 2 vol. gr. in-8, 100 pl. demi-rel. mar. brun avec coins, tête dor. ébarbé.

218. GEYMULLER (baron Henry de). Les Du Cerceau, leur vie et leur œuvre, d'après de nouvelles recherches. *Paris, Rouam,* 1887, gr. in-4, fig. br.

219. Glatigny (Albert). Le Fer rouge. Nouveaux Châtiments. *France et Belgique*, 1871, in-8 de 83 pp. front. br.

Exemplaire sur grand papier de Hollande avec double état du frontispice, en noir et à la sanguine.

220. Goncourt (Ed. et J. de). L'Art du XVIIIe siècle. Troisième édition revue et augmentée et illustrée de planches hors texte. *Paris, Quantin*, 1883, 2 vol. in-4, pap. de Holl. fig. en livraisons.

221. — Histoire de la société française pendant la Révolution. *Paris, Quantin*, 1889, gr. in-8, pl. en noir et en couleur, br. couverture illustrée.

222. Gonse (Louis). L'Art ancien et l'art moderne à l'exposition de 1878. *Paris, Quantin*, 1879, 2 vol. in-4, fig. br.

223. — L'Art japonais. *Paris, Quantin*, 1883, 2 vol. gr. in-4, cart. satin imprimé en couleur.

Exemplaire sur papier du Japon.

224. GUICHARD (Ed.). Les Tapisseries décoratives du Garde-Meuble (Mobilier national), choix des plus beaux motifs, par Ed. Guichard, texte par Alfred Darcel. *Paris, Baudry, s. d.* 2 vol. in-fol. planches en héliogravure, en feuilles dans 2 cartons de perc. r.

225. GUIFFREY (Jules). Ant. Van Dyck, sa vie et son œuvre. *Paris, Quantin*, 1882, in-fol. pl. en feuilles dans 1 carton.

Exemplaire sur Hollande contenant 4 états des figures, avec et avant la lettre et EAUX-FORTES.

226. Guimet (E.). Promenades japonaises. Texte. Dessins d'après nature, par F. Régamey. *Paris, Charpentier*, 1878-1880, 2 vol. in-8, fig. en noir et en couleurs, br.

227. GUIZOT. Collection des mémoires relatifs à l'histoire de France depuis la fondation de la monarchie française jusqu'au XIIIe siècle avec une introduction, des suppléments, des notices et des notes. *Paris, Brière*, 1823-1835, 31 vol. in-8, demi-rel. v. r. tête dor. ébarbé.

228. Havard (Henry). Amsterdam et Venise. Ouvrage enrichi de sept eaux-fortes par MM. Léopold Flameng et Gaucherel, et de 124 gravures sur bois. *Paris, Plon*, 1876, gr. in-8, fig. br.

229. HAVARD (Henry). L'Art dans la Maison (Grammaire de l'ameublement). Illustrations de MM. Corroyer, David, E. Prignot, etc. *Paris, Rouveyre,* 1884, in-4, pl. br.

Exemplaire sur PAPIER DU JAPON, avec les planches en deux états : avec et AVANT LA LETTRE.

230. HOFFBAUER. PARIS A TRAVERS LES AGES. Aspects successifs des monuments et quartiers historiques de Paris depuis le XIIIe siècle jusqu'à nos jours; texte par MM. Ed. Fournier, P. Lacroix, etc. *Paris, Firmin Didot,* 1875-1882, 2 vol. in-fol. fig. plans, demi-rel. mar. r. avec coins, fil. à fr. tête dor. ébarbé.

231. HOUSSAYE (Arsène). Les Comédiennes de Molière. *Paris, Dentu,* 1879, in-8, pap. de Holl. portraits, br.

232. — MOLIÈRE, SA FEMME et sa fille. *Paris, Dentu,* 1880, gr. in-4, front. fig. br.

Exemplaire sur PAPIER DU JAPON avec double suite des figures : en sanguine sur HOLLANDE, en noir sur JAPON et deux figures tirées en noir sur TAFFETAS BLEU.

233. HOUSSAYE (Henry). Le Premier Siège de Paris, an 52 avant l'ère chrétienne, avec une carte gravée. *Paris, Vaton,* 1876, in-16, carte, mar. r. jans. dent. int. non rog. (*Hardy*.)

Exemplaire sur PAPIER WHATMAN

234. HUGO (Victor). Châtiments. *Genève et New-York* (*Impr. universelle Saint-Hélier*), 1853, in-24, mar. r. milieux et coins ornés, dent. int. tr. dor.

PREMIÈRE ÉDITION reconnue par l'auteur.

235. — L'Homme qui rit. *Paris, Librairie internationale,* 1869, 4 tomes en 2 vol. in-8, demi-rel. mar. r. tête dor. ébarbé.

ÉDITION ORIGINALE.

236. — Œuvres. Édition nationale. *Paris, Testard,* 1885-1888, in-4, fig. en livraisons.

Poésie : livraisons 1-52, 54, 58, 68-79. — Drame : livraisons 1-10, 16-20.

237. — Le Pape. Vingt et une compositions dessinées et gravées par Jean-Paul Laurens. *Paris, Quantin,* 1885, in-8, pl. cart. imitation cuir japonais, non rog. couverture.

238. Hurtrel (Alice). Les Aventures romanesques d'un comte d'Artois, d'après un ancien manuscrit orné de dessins de la Bibliothèque nationale. *Paris*, *Hurtrel*, 1883, in-16, fig. et vign. en noir et en couleur, br. dans un cartonnage artistique.

Exemplaire sur papier de Chine.

239. Jones (Oven). Grammaire de l'Ornement, illustrée d'exemples pris de divers styles d'ornement. Cent douze planches. *Londres, Quaritch*, 1865, in-4, fig. et pl. en chromolith. perc. grenat, fers spéciaux de l'éditeur, tr. dor.

240. Janin (Jules). La Dame à l'œillet rouge. Roman nouveau. *Paris, Librairie à estampes, s. d.* in-8 de 55 pp. portr. br.

Exemplaire sur papier de Chine.

241. — Rachel et la tragédie. Ouvrage orné de 10 photographies. *Paris*, *Amyot*, 1859, in-4, fig. mar. vert, fil. à fr. tr. dor.

242. Labessade (Léon de). Les Ruelles du xviiie siècle ; préface par Alexandre Dumas fils, de l'Académie française. *Paris, Rouveyre*, 1879, 2 vol. in-8, eaux-fortes de Mongin, br.

Exemplaire sur papier rose avec les eaux-fortes en 4 états : avant la lettre sur papier rose et sur papier de Chine en noir, en bistre et à la sanguine.

243. Lacroix (Paul). Le Moyen Age et la Renaissance. *Paris*, *Firmin Didot*, 1869-1877, 4 vol. gr. in-8, fig. en chromolith. et en noir, vign. demi-rel. mar. r. dos orné, tête dor. ébarbé.

Les Arts. — Mœurs et costumes. — Vie militaire et religieuse. — Les Sciences et les lettres.

244. — XVIIe siècle. *Paris, Firmin Didot*, 1880-1882, 2 vol. gr. in-8, fig. en chromolith. et en noir, vign. demi-rel. mar. r. dos orné, tête dor. ébarbé.

Institutions, usages et costumes. — Lettres, sciences et arts.

245. — XVIIIe siècle. *Paris, Firmin Didot*, 1875-1877, 2 vol. gr. in-8, fig. en chromolith. et en noir, vign. demi-rel. mar. r. avec coins, dos orné, fil. tête dor. ébarbé.

Institutions, usages et costumes. — Lettres, sciences et arts.

246. LACROIX (Paul). Directoire, Consulat et Empire. Mœurs et usages, lettres, sciences et arts. *Paris, Firmin Didot*, 1884, gr. in-8, fig. en chromolith. et en noir, vign. demi-rel. mar. r. avec coins, dos orné, fil. tête dor. ébarbé.

247. LAFENESTRE (G.). LA VIE ET L'ŒUVRE DU TITIEN. *Paris, Quantin, s. d.* in-fol. pl. en feuilles dans un carton.

Exemplaire sur PAPIER DE HOLLANDE avec les planches en 2 états: avec et AVANT LA LETTRE SUR JAPON.

248. LAHARPE. LYCÉE, ou Cours de littérature ancienne et moderne. Nouvelle édition augmentée et complète. *Paris, Ledoux et Tenré (de l'impr. de Crapelet)*, 1817, 16 vol. petit in-12, mar. r. à long grain, dos orné à petits fers, dent. sur les plats et dent. int. doublé de moire violette, tr. dor. (*Simier.*)

Un des 4 exemplaires sur PAPIER VÉLIN, recouvert d'une reliure très fraîche; il provient de la bibliothèque de M. le comte LE HON.

249. LAZARI (Vincenzo). Notizia delle opere d'arte et d'antichità della raccolta Correr di Venezia. *Venezia*, 1859, gr. in-8, mar. vert jans. dent. int. tr. dor. (*Cuzin.*)

250. LITHOGRAPHIES. Recueil de 32 planches in-fol. lithographiées d'après V. Adam, Arnout et Swebach, en 1 vol. in-fol. demi-rel. bas.

Loisirs par V. Adam : Souvenirs de campagne, Accidents de l'équitation, Accidents des voitures, 3 pl. contenant 39 sujets. — Une chasse au clocher, par Édouard Swebach, 2 pl. avec 33 sujets. — Paris en miniature par Arnout, 11 pl. contenant 55 vues des rues de Paris et des scènes de vie parisienne de l'époque. — Promenades pittoresques dans Paris par Arnout, 1835, 16 pl. contenant 144 vues des monuments de Paris en 1835.

Les lithographies d'Adam et de Swebach sont fort humoristiques.

251. MANTZ (Paul). FR. BOUCHER, LEMOYNE ET NATOIRE. *Paris, Quantin*, 1880, in-fol. en feuilles dans un carton.

Exemplaire d'artiste sur PAPIER WATHMAN, contenant 3 états des planches et de nombreuses épreuves d'artiste en différents états d'EAU-FORTE.

252. — Les Chefs-d'œuvre de la peinture italienne. Ouvrage contenant 20 planches chromolithographiques par F. Kellerhoven; 30 planches sur bois et 40 culs-de-lampe et lettres ornées. *Paris, Firmin-Didot*, 1870, gr. in-4, fig. en noir et en chromolith. perc. verte, fers de l'éditeur.

253. Martin (Henri). Histoire de France depuis les temps les plus reculés jusqu'en 1789. Quatrième édition. *Paris, Furne*, 1864-1865, 17 vol. in-8, portr. demi-rel. mar. r. dos orné, tête dor. ébarbé.

254. Masoch (Sacher). Contes juifs. Récits de famille. *Paris, Quantin*, 1888, in-8, pl. en héliogravure, br.

Exemplaire sur japon avec les figures en 2 états : avec et avant la lettre.

255. Michelet (J.). Histoire de France. *Paris, Lacroix et Daffis*, 1874, 17 vol. in-8, demi-rel. mar. r. avec coins, tête dor. ébarbé.

Exemplaire sur papier de Hollande.

256. Montrosier (Eugène). Les Chefs-d'œuvre d'art au Luxembourg. *Paris, Baschet*, 1880, 42 livraisons in-fol. fig.

257. — Les Chefs-d'œuvre d'art au Luxembourg. *Paris, Baschet*, 1881, in-fol. fig. cart. perc. r. fers de l'éditeur.

258. MUSSET. Illustrations pour les Œuvres. Aquarelles de Lami ; eaux-fortes de Lalauze. *Paris, Morgand*, 1883, in-8, dans un carton.

Épreuves sur chine, avant la lettre.

259. Nadaud (Gustave). Chansons choisies, illustrées par ses amis. 2 vol. — Chansons légères de Gustave Nadaud, illustrées par ses amis. *Paris*, 1880-1885. — Ens. 3 vol. in-4, fig. musique notée, br.

Exemplaire sur papier teinté. Le volume des Chansons légères est en feuilles.

260. Oppenord. Recueil des Œuvres de Gille-Marie Oppenord, premier architecte de Monseigneur le duc d'Orléans, régent du royaume. *Paris, E. Rouveyre, s. d.* in-4, 120 pl. demi-rel. mar. r. avec coins, tête dor. ébarbé.

261. Orbigny (d'). Dictionnaire universel d'histoire naturelle, enrichi d'un atlas de 288 planches gravées sur acier. *Paris, Renard, s. d.* 16 vol. in-8 dont 13 de texte et 3 de pl. demi-rel. mar. r. dos orné, tête dor. ébarbé.

262. PALUSTRE (Léon). La Renaissance en France. Dessins et gravures sous la direction d'Eugène Sadoux. *Paris, Quantin,* 1879, in-fol. fig. br.

Tomes I et II en fascicules contenant le Nord et l'Ouest de la France.

263. PERRET (Louis). CATACOMBES DE ROME : architecture, peintures murales, inscriptions, figures et symboles des pierres sépulcrales, vers gravés sur fond d'or, lampes, vases, etc. *Paris, Gide et Baudry*, 1851-1855, 6 vol. gr. in-fol. fig. demi-rel. mar. r. avec coins, non rog.

Bel ouvrage publié par ordre du gouvernement sous la direction d'une commission composée de MM. Ampère, Ingres, Mérimée et Vitet.

264. PICARD (Edmond). Pro Arte. Littérature. *Bruxelles, s. d.* (1880), in-8, cart.

Tiré à très petit nombre.

265. PLON (Eug.). Benvenuto Cellini, orfèvre, médailleur, sculpteur. Recherches sur sa vie, son œuvre, et les pièces qui lui sont attribuées. *Paris, Plon,* 1883, gr. in-4, fig. br.

On a ajouté le *Supplément*, 34 pp. in-4, fig. br.

266. — Leone Leoni, sculpteur de Charles-Quint, et Pompeo Leoni, sculpteur de Philippe II. Eaux-fortes de Le Rat. *Paris, Plon,* 1887, gr. in-8, fig. br.

267. PORTALIS (baron R.) et BÉRALDI (H.). Les Graveurs du XVIIIe siècle. *Paris, Morgand,* 1880-1882, 3 vol. in-8, br.

268. RICHARD (Jules). L'Art de former une bibliothèque. *Paris, Rouveyre*, 1883, in-8, br.

Exemplaire sur PAPIER DU JAPON.

269. ROUXEL (Albert). Chroniques des élections à l'Académie française (1634-1870). Deuxième édition. *Paris, Didot*, 1888, in-8, br.

270. SAINT-VICTOR (Paul de) et HOUSSAYE (Arsène). La comtesse Du Barry. Les maîtresses du roi. Histoire de Mme Du Barry. *Paris, Librairie d'estampes*, 1878, in-12, portr. br.

Exemplaire sur PAPIER DE CHINE.

271. SALONS de 1874 à 1878. *Paris*, *Goupil*, 1874-1878, 13 vol. in-4, fig. en photogr. demi-rel. mar. r. avec coins.

272. SALONS illustrés. *Paris*, *Baschet*, 1879-1887, 6 vol. in-8, fig. br. et cart.

Salons de 1879, 1880, 1881, 1884, 1885, 1887.

273. SILVESTRE (Armand). Chroniques du temps passé. Le Conte de l'archer. Aquarelles de A. Poirson gravées par Gillot. Impression chromotypographique par A. Lahure. *Paris*, *Lahure*, *Rouveyre et Blond*, 1883, pet. in-4, fig. couverture illustrée, br.

Exemplaire sur PAPIER IMPÉRIAL DU JAPON.

274. SONNETS ET EAUX-FORTES. *Paris*, *Lemerre*, 1869, in-4, fig. pap. de Holl. br.

275. SPIRE BLONDEL. L'Art intime et le goût en France. (Grammaire de la curiosité). Illustrations de MM. Arentes, Bourdin, Fraipont, etc. *Paris*, *Rouveyre*, 1884, in-4, pl. br.

Exemplaire sur PAPIER DU JAPON, avec les planches en deux états : avec et AVANT LA LETTRE.

276. TAINE (H.). Voyage aux Pyrénées. Troisième édition, illustrée par Gustave Doré. *Paris*, *Hachette*, 1860, in-8, fig. demi-rel. v. f.

PREMIER TIRAGE.

277. THIERS (A.) : Histoire de la Révolution française. Treizième édition. *Paris*, *Furne*, 1865, 10 vol. — Histoire du Consulat et de l'Empire. *Paris*, *Paulin*, 1845-1862, 20 vol. et 1 atlas. — Ens. 30 vol. in-8, portr. fig. demi-rel. chag. vert, et un atlas de cartes, pet. in-fol. cart.

278. TÖPPFER. LES AMOURS DE M. VIEUX-BOIS (par Rod. Töppfer). Seconde édition. *Genève*, 1839, in-8 obl. texte et dessins autog. br. couverture.

Édition contenant 22 dessins de plus que l'originale. Légères marques d'humidité.

279. — Caricatures et paysages inédits, reproduits par l'héliogravure. *Paris*, *Fischbacher*, 1884, in-fol.

Épreuves sur CHINE volant.

280. Töpffer. Les Deux Prisonniers. *Genève*, 1837, in-8, br.

Édition originale.

281. — Le docteur Festus (par Rod. Töppfer). *Autographié par l'auteur, lithographie de Schmidt à Genève, s. d.* (1840), in-8 obl. dessins et texte autog. br. couverture.

Édition originale. Taches d'humidité.

282. — Élisa et Widmer. *Genève*, 1834, in-8, br.

Édition originale.

283. — Essais d'autographie, par R. T. (Rod. Toppfer). *S. l. n. d.* (*Genève*, 1842), in-8 obl. fig. br. couverture.

Suite de 26 planches.

284. — Essai de physiognomonie, par R. T. (Rod. Töppfer). *Genève*, 1845, in-4 carré. br. couverture.

Édition originale.

285. — Histoire d'Albert, par Simon de Nantua (Rod. Töppfer). *Genève*, 1845, in-8 obl. dessins autog. avec légendes, br. couverture.

Édition originale.

286. — Histoire de Jules. *Genève, Ledouble*, 1838, in-8, br.

Édition originale. Taches.

287. — Monsieur Pencil (par R. Töppfer). *Autographié à Genève par l'auteur, lithographie de Schmid*, 1840, in-8 obl. fig. avec légendes, br. couverture.

Édition originale. Taches d'humidité.

288. — Le Presbytère. *Genève, chez les principaux libraires*, 1839, 2 vol. in-8, br.

Première édition complète tirée à 300 exemplaires.

On y a ajouté un beau DESSIN au crayon (*le Chantre du presbytère*), exécuté par l'auteur.

289. — Voyage autour du mont Blanc (1842) (par R. Töppfer). *S. l.* (*Genève*), 1843, in-4 obl. texte et dessins autog. br. couverture.

Édition originale.

290. — Voyages et Aventures du docteur Festus (par R.

Toppfer). *Genève, Ledouble*, 1840, in-8, fig. br. couverture.

ÉDITION ORIGINALE.

291. TÖPFFER. Opuscules divers. *Genève*, 1826-1844, 9 br. in-8.

Idée de Pierre Gétroz sur l'Exposition des tableaux de Genève, en l'an de grâce 1826. — La Peur (souvenirs d'enfance). — Août 1835. — Réflexions à propos d'un programme. — Deux mots sur la préface de Jocelyn et sur un article de M. Aimé Martin. — Du moine Planude et de la mauvaise presse considérée comme excellente. — Réflexions et Menus Propos d'un peintre genevois. Douzième opuscule. Paysage alpestre. — La Mission de Jeanne d'Arc, par J.-J. Porchat. — Le Relief du mont Blanc et des sommités environnantes, par M. Sené de Genève.

292. — Réunion de 9 opuscules en 1 vol. in-8, demi-rel. bas.

Le Col d'Anterne, 1836. — Le lac de Gers. — La vallée de Trient. - La Traversée, 1837. — Suisse alpestre, 1837. — Réflexions à propos d'un programme, 1836. (Second article.) — Deux mots de la préface de Jocelyn, 1836. — Histoire de Monsieur Jabot (annonce), 1837.

293. UZANNE (Octave). Caprices d'un Bibliophile, avec une eau-forte par Ad. Lalauze. *Paris, Rouveyre*, 1878, in-8, titre front. gravé, demi-rel. mar. grenat avec coins, dos orné et mosaïqué, fil. tête dor. non rog. couverture.

Exemplaire sur PAPIER WHATMAN, avec un double état du frontispice; quelques feuilles sont tirées sur PAPIER DE COULEURS, ROSE OU BLEU.

294. — La Française du siècle. Modes, mœurs, usages. Illustrations à l'aquarelle de Lynch gravées à l'eau-forte en couleurs par Eug. Gaujean. *Paris, Quantin*, 1886, in-8, fig. br. dans un cartonnage, couverture illustrée.

Exemplaire avec l'envoi autographe suivant : « *A Jacques de La Rosle, j'offre cette publication, la meilleure et la plus parfaite de la série dite de* « l'Éventail » *avec l'assurance qu'il aura pour la* Française du siècle *la même estime que l'ami-préfacier Sanchez y Gusman.* OCTAVE UZANNE. »

295. — Le Miroir du Monde. Notes et Sensations de la vie pittoresque. Illustrations en couleurs d'après Paul Avril. *Paris, Quantin*, 1888, in-4, fig. en couleurs, br. couverture illustrée.

296. Uzanne (Octave). Le Miroir du Monde. *Paris*, *Quantin*, 1888, in-8, fig. en feuilles dans un cart. en cuir japonais, couverture illustrée.

Illustrations en couleurs d'après Paul Avril.

Envoi autographe suivant de l'auteur : « *A mon ami Jacques de La Resle, j'envoie cet exemplaire en feuilles, avant tout brochage, pour qu'il lise dans ce « miroir » sans tain toute la sympathie que lui porte son affectionné* Octave Uzanne. »

297. — Les Zigzags d'un curieux. Causeries sur l'art des livres et les livres d'art. *Paris, Quantin*, 1888, in-18, front. br.

Exemplaire sur papier rose avec le frontispice en double état : avant lettre sur chine et épreuve de remarque sur japon. On y trouve l'envoi autographe suivant : « *A l'ami Jacques de La Resle, j'offre cet exemplaire sur papier rose, frère jumeau de mon « tirage spécial d'auteur » en témoignage de notre jumelle fraternité de cœur et d'esprit.* Octave Uzanne. »

298. Vacquerie (Auguste). Tragaldabas. Édition illustrée de 54 compositions de Ed. Zier, gravées par F. Méaulle. *Paris, Chamerot*, 1886, in-4, fig. cart. imitation cuir japonais, non rog. couverture.

299. Vaulabelle (Ach. de). Histoire des deux Restaurations jusqu'à l'avènement de Louis-Philippe (de janvier 1813 à octobre 1830), par Ach. de Vaulabelle. *Paris*, *Perrotin*, 1864, 8 vol. — Histoire de Dix ans, 1830-1840, par M. Louis Blanc. *Paris*, *Pagnerre*, 1849, 5 vol. — Histoire de Huit ans, 1840-1848, par M. Élias Regnault. *Paris*, *Pagnerre*, 1860, 3 vol. — Ens. 16 vol. in-8, portr. fig. demi-rel. v. f. dos orné. (*Rel. unif.*)

300. Vento (Claude) (Violette). Les Peintres de la femme. *Paris*, *Dentu*, 1888, gr. in-8, fig. br.

301. VIGNY (Alfred de). Suite de 1 titre frontispice et de 10 eaux-fortes gr. in-8, gravées par Mordant, d'après Dupray, pour *Servitude et grandeur militaires*, édition des *Amis des Livres.*

Épreuves avant toute lettre avec remarques, sur papier du Japon, auxquelles on a ajouté le titre et 2 figures à l'état d'EAUX-FORTES PURES sur papier du Japon.

302. WALLON (H.). Jeanne d'Arc. Édition illustrée d'après les monuments de l'art depuis le XVe siècle jusqu'à nos jours. *Paris*, *Firmin Didot*, 1876, gr. in-8, front. fig. en noir et chromolith. br.

303. WILLEMS (Alphonse). Les Elzevier, histoire et annales typographiques. *Paris*, 1880, 2 vol. in-8, fig. br.

Exemplaire en GRAND PAPIER DE HOLLANDE.

304. YRIARTE (Charles). Les Borgia. César Borgia, sa vie, sa captivité, sa mort. *Paris*, *Rothschild*, 1889, 2 vol. in-8, fig. br.

305. — Matteo Civitali, sa vie et son œuvre. 9 planches et 100 illustrations par Paul Laurent. *Paris*, *Rothschild*, 1886, in-4, fig. br.

Exemplaire sur PAPIER DU JAPON.

306. — VENISE, 2 vol. — FLORENCE, 2 vol. — *Paris, Rothschild*, 1879-1881. — Ens. 4 vol. in-4, pl. en noir et en couleurs, en feuilles dans des cartons.

307. ZOLA (Émile). L'Assommoir. *Paris*, *Marpon et Flammarion*, *s. d.* (1880), gr. in-8, fig. br. couverture.

Bel exemplaire du PREMIER TIRAGE sur GRAND PAPIER DE HOLLANDE, avec le tirage à part des figures AVANT LA LETTRE, sur CHINE VOLANT.

308. — Nana. Édition illustrée par André Gill, Bertall, G. Bellenger, Bigot, Clairin, etc. *Paris, Marpon et Flammarion*, 1882, gr. in-8, fig. br. couverture.

Bel exemplaire du PREMIER TIRAGE sur GRAND PAPIER DE HOLLANDE, avec le tirage à part des figures AVANT LA LETTRE sur CHINE VOLANT.

309. — Les Rougon-Macquart. *Paris*, *Charpentier*, 1878-1888, 4 vol. in-12, br.

Une page d'Amour, 1878 (*édition originale*). — Au bonheur des Dames, 1883 (*édition originale*). — La Terre, 1887. — Le Rêve, 1888 (*édition originale*).

TABLE DES DIVISIONS

LIVRES ANCIENS

ORDRE DES VACATIONS

PREMIÈRE VACATION. — *Lundi 13 mai 1889.*

	Numéros.
Auteurs contemporains.	197 — 309
Réimpressions d'auteurs anciens.	148 — 174
Auteurs contemporains.	175 — 196

DEUXIÈME VACATION. — *Mardi 14 mai.*

Réimpressions d'auteurs anciens.	128 — 147
Auteurs anciens.	95 — 127
—	1 — 94

Paris. — Typ. G. Chamerot, 19, rue des Saints-Pères. — 24308.

RED. :

18

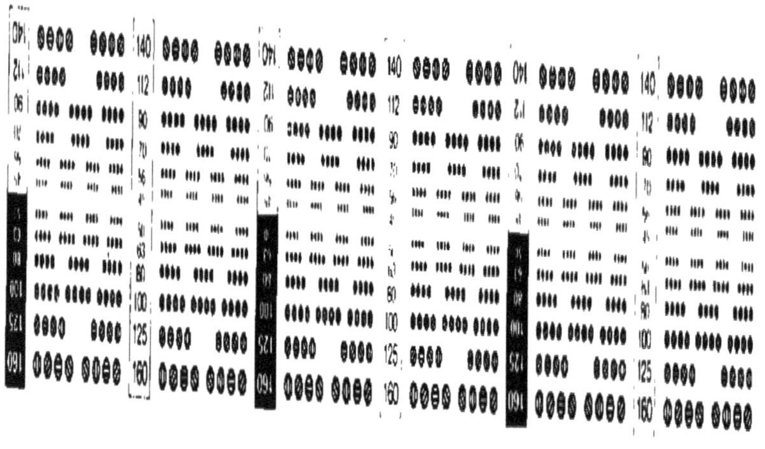

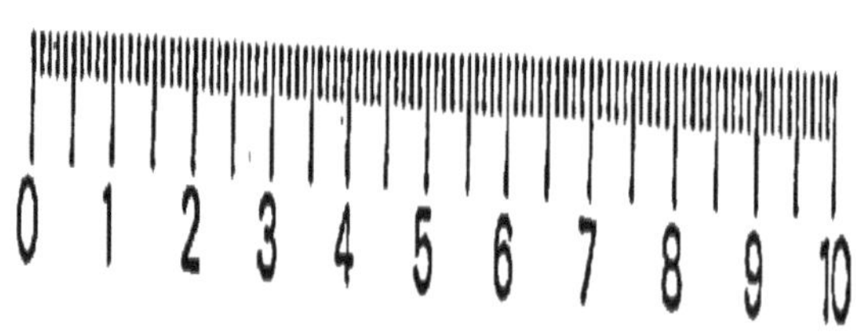
0 1 2 3 4 5 6 7 8 9 10

www.ingramcontent.com/pod-product-compliance
Ingram Content Group UK Ltd.
Pitfield, Milton Keynes, MK11 3LW, UK
UKHW021505260726
13993UKWH00004B/1567